"내 이름, 두 번째 아이."

오빠
자기야!
오라버

도련님!
낭군님!

"……왜 그래, 누나?"
성의 누나는 울고 있었다.
"미안해요, 정말 미안해요."

나와 호랑이님 12

Broken heart

제2부 나와 호랑이님 연(緣) 3권

카넬 지음
영인 일러스트

목차

시작하는 이야기

이건 꿈이다.

나는 그 사실을 알고 있다. 현실의 나는 내 방에서 혼자 지랄을 떨다 지쳐서 잠들어 있겠지.

꿈이란 무의식의 향연이라고 하던가. 그렇다면 나의 무의식은 나라는 녀석을 완전하게 부서뜨리고 싶은가 보다. 환영하는 일이긴 하지만 너무 노골적인 것 아닐까.

이 추억을 보여 주다니.

"이 바보 멍청이!!"

한 유치원.

처참한 몰골의 어린 나래가 나를 향해 울며 소리치고 있었다. 역시 끔찍한 몰골인, 어린 나는 그런 나래에게 지기 싫다는 듯이 침을 내뱉고 주먹을 꽈악 쥐고 몸을 부들부들 떨며 언제든지 나래에게 주먹을 날릴 준비를 하고 있었다.

어렸을 때의 나는 그렇게 성격이 좋은 아이는 아니었으니까.

사람에게 미움받는 것에 대한 두려움이 없었던 나. 그렇기에 무슨 짓을 해도 걸릴 것이 없었다.

사람을 때리는 것도, 욕설을 내뱉는 것도, 괴롭히는 것도, 아무것도.

"넌…… 넌……!!"

하지만 나는 이날부터 조금씩 변해 가기 시작했었다.

왜냐하면.

"기다려 주시지요, 쓰레기."

익숙한 목소리에 시간이 멈췄다.

어린 나와 나래를 바라보는 나를 제외하고는 모든 것이 멈췄다. 불어오는 바람에 흩날리던 낙엽도, 하늘을 날아가던 새들도, 꼬리를 흔들며 아이들과 놀던 강아지도, 모든 것이 멈춰 버렸다.

"……뭐야."

나는 두 어린아이에게서 몸을 돌렸다. 내 뒤에 서 있는 세희가 보인다. 세희는 처음 만났을 때보다 더 인간답지 않은, 아니, 표정이란 것이 보이지 않는 채로 내게 말했다.

"시작부터 과거 회상입니까. 그런 것도 싫어하는 것은 아니지만 도망친 쓰레기에게 이것은 너무나 달콤한 추억 아닙니까."

달콤한 추억.

그래. 세희의 말대로 달콤한 추억 중 일부다. 나래와 약속을 할 수 있게 되었던 첫 번째 계기였다.

그 사실을 언급당하자 자연스레 내 말투와 태도가 신경질

적이 되었다.

"꿈속까지 따라와서 하는 말이 고작 그거냐."

"현실에서 당신이라는 쓰레기가 다시 돌아오기를 기다리고 있는 분들이 계십니다. 슬슬 돌아오시지요."

"할 말 다 했냐? 그러면 이제 좀 꺼져 주지 그래?"

"이곳에 계신다고 해서 아무것도 변하지 않습니다, 주인님."

"잘됐네. 힘들 때 옛날의 아름다운 추억에 빠져서 현실을 외면하고 그땐 좋았지, 행복했어, 즐거웠어, 좋았어, 기뻤어, 같은 소리도 한 번 해 보고 싶었는데."

어깨를 으쓱하며 말을 잇는다.

"난 쓰레기니까 말이야."

세희는 과장되게 박수를 쳤다.

"축하드립니다."

그 비웃음이 기분 나쁘지 않다. 나는 그럴 자격도 없는 놈이니까.

"완벽하게 현실에서 도망치셨군요."

나는 고개를 끄덕였다.

"응. 그러니까 좀 꺼져라. 여기서 네 얼굴 보고 싶지 않으니까."

이 추억은 일종의 내 성역이었다. 누구에게도 말하지 않으려 했던 추억이었다. 나래와 나만의 소중한 기억이었다.

지금은 그 빛이 바래 버렸지만, 그렇다 해도 이런 곳에 제삼자인 세희가 끼어드는 건 원치 않는다.

하지만.

"그렇습니까?"

이 자식이 내 말을 들을 리가 없지.

"하지만 말이죠. 그럴 상황이 아닙니다, 주인님. 지금 며칠 동안 현실을 외면하고 있는지 아십니까."

모른다.

"벌써 일주일이나 지났습니다."

그래서?

"그동안 다른 분들께서 얼마나 괴로워하고 계시는지 아십니까."

알 게 뭐냐.

알 게 뭐냐.

알 게 뭐냐.

"그딴 거 알 게 뭐야."

"……."

세희의 눈매가 날카로워진다. 나는 웃었다. 킬킬대며 웃었다.

"아, 몰랐냐? 아니, 몰랐을 리가 없는데? 너니까. 이야, 이 말도 오랜만에 해 보는 것 같은데, 어쨌든. 알고 있잖아? 내가 어렸을 때 어떤 인간이었는지, 내가 어떤 놈이었는지, 내가 얼마나 삐뚤어진 녀석이었는지 말이야."

그래. 이제 알겠다. 모든 걸 엿 먹이려고 결정했을 때, 판을 엎어 버리겠다고 생각했을 때.

왜 아이들이 나를 보고 흉악하게 웃었다고 말하며 무서워했는지 알 것 같다.

나는 그때, 나래에게 구원받기 전의 나 자신을 살짝 드러내 보인 것이다.

그리고.

"나래와의 약속이 깨져 버린 지금, 나는 더 이상 너희들이 알던 강성훈이 아니야."

그 잔재일 뿐이다.

지금의 내가 할 수 있는 것은 그때의 나를 흉내 내는 정도 수준이겠지.

그 사실을 깨닫는 데까지 꽤나 시간이 걸렸지만 말이야.

"중2병 환자 같은 소리를 하고 계시는군요."

"응. 난 중2병 환자야. 몰랐냐? 지금까지 몰랐어? 천하의 강세희도 몰랐다니, 대단한걸. 내가 네가 말하는 중2병 환자가 아니었으면 지금까지 그런 일들을 할 수 있었겠냐."

"……."

너무 많이 웃어서 그럴까. 얼굴 근육이 당긴다.

그럼에도 웃는다. 억지로 웃는다.

"알 게 뭐냐. 지금까지 날 지탱해 준 건, 오지랖 넓고 외로움 많고 사랑받고 싶어 하고 사랑할 줄 알고 꿈이 있던 나라는 존재가 있게 해 준 건 말이야."

나도 모르게 흥분한 것 같다.

"후우……."

나는 한숨으로 마음을 차분히 다스리고 말을 잇는다.

"나래와의 약속이었어. 그게 끝났다. 동시에 나도 끝났지.

그렇다면 이제 끝나 버린 강성훈이라는 녀석의 흔적을 소중히 끌어안고 평소처럼 지내려 노력하는 게 최선이잖아?"

시간이 조금 걸린 것 같지만 이미 충분히 돌아온 것 같고 말이야.

"……하지만."

세희가 말했다.

"그렇게 생각하신다면 왜 이곳에 계십니까."

세희가 손을 들어 내 뒤를 가리킨다.

"어린 시절의 소중한 추억을 왜 계속해서 되새기고 계십니까. 주인님은 그때로 다시……."

"바보냐."

무슨 생각을 하고 있는 거야, 넌.

무슨 희망을 품고 있는 거야, 넌.

"그거야 당연한 거 아니겠냐?"

나는 손을 휘둘렀다.

그 순간, 나의 꿈이 변했다. 아이들과 행복하게 지냈던 추억들이 주마등같이 스쳐 지나간다. 그동안 있었던 소중한 추억들이 빠르게 흘러간다. 점점 더 과거로, 과거로, 과거로.

유치원에서 처음 만났던 그때로.

"잘난 척 하지 마, 이 썅년아."

나래를 처음 본, 어린 내가 한 말.

그것이 모든 것의 시작이었고 내 삶을 바꿔 준 사건이었다.

세계에 금이 간다. 깨져 버린다. 무너져 내린다. 그 뒤에는 아무것도 없는 검은색의 공간. 위아래도 알 수 없는 그곳에서 나와 세희만이, 어린 나와 어린 나래만이 서로를 바라보고 있다.

나는 말했다.

"완전히 끝을 내려고 그런 거지."

나는 어린 나래를 신경질적으로 노려보고 있는 어린 나를 향해 손을 들어 올렸다.

"아무리 그래도 이 추억만은 스스로 사라지지 않더라고."

나는 주먹을 움켜쥐었다.

내 뜻대로 어린 나의 앞에 뚜껑이 열린 커다란 쌀뒤주가 솟구쳐 나온다. 역시 우리나라에서는 사람을 가둘 때는 쌀뒤주 아니겠어?

그것을 본 세희가 어딘가 모르게 다급한 목소리로 외쳤다.

"무슨 짓을 하시려는 겁니까?!"

"뭐긴 뭐야, 사라지지 않으면 가둘 수밖에."

세희가 깜짝 놀라 나를 막으려고 하지만 나는 미소와 함께 말했다.

"아무 말 하지 말고 거기서 지켜보고 있어."

그 말과 함께 세희는 몸 하나 까딱하지 못하게 되었다. 현실이라면 절대로 불가능한 일이겠지만, 이곳은 나의 꿈 속. 내가 주인이다. 이곳에서만은 내가 하지 못할 것은 아무것도 없다. 그 누구도 내 뜻을 어길 수 없다.

심지어 어린 나라 할지라도.

어린 나는 쌀뒤주 안에 들어가지 않으려 몸부림쳤지만 그 안에서 나와 자신을 휘감는 검은 쇠사슬에는 저항할 수 없었다.

나는 그 안에 끌려 들어갔고, 쾅! 문이 닫혔다. 수많은 쇠사슬이 쌀뒤주를 동여매고 커다란 자물쇠가 그 위에 채워진다.

나는 그 일련의 흐름을 지켜본 뒤, 만족스럽게 웃었다.

"하……. 핫! 하하하하하하하하하하!! 푸하하하하하하핫!!"

계속해서 웃었다.

흐르는 눈물을 무시하며 계속해서 웃었다.

세희의 시선을 무시하며, 계속해서, 계속해서, 계속해서, 계속해서, 이 꿈이 끝날 때까지 웃음소리는 끝나지 않았다.

* * *

잠에서 깼다.

며칠 동안 울면서 잠들고 깨고 다시 울고 다시 잠들고를 반복했는지 모르겠다. 기억이 없다. 몸에 힘이 잘 안 들어가는 걸 보니 꽤 오랫동안 아무것도 안 먹은 것 같은데…….

이상하게 정신은 멀쩡하다. 다만 목에서 타는 듯한 갈증이 올라온다.

나는 주위를 둘러보았다. 언제부터 거기 있었는지 모를 페트병에 입을 대고 마셨다.

"……후."

좀 살 것 같네. 나는 기지개를 폈다. 온몸에서 이상한 소리가 나고 그대로 다시 쓰러질 것 같은 깊은 탈력감이 든다. 하지만 나는 일어섰다.

지금의 나를 보고 싶기에 거울을 본다. 내가 이렇게 생긴 녀석이었나, 하는 생각이 들 정도로 홀쭉하게 마르고 어딘가 많이 망가진 느낌이 든다.

어쩌다 이렇게 되었나.

일단 주린 배를 좀 채워야겠다. 사람이 살려면 뭘 좀 먹고 그래야 하는데 요 며칠간 먹은 게 없는 것 같으니까. 나는 문을 열고 밖으로 나갔다.

"……응?"

바둑이가 내 방 앞에서 몸을 웅크리고 자고 있었다. 왜 이 녀석이 방 앞에서 자고 있지? 이제 날도 슬슬 추워져서 이런 곳에서 자다가는 감기에 걸릴 텐데.

나는 바둑이를 발로 툭 건드리며 말했다.

"야."

바둑이가 귀를 쫑긋거린다. 잠에서 깼는지 으으음~거리며 몸을 일으켜 앉아서는 눈을 비빈다. 바둑이는 이내 잠에서 깼는지 나를 보고는 눈을 크게 떴다.

"도, 도련님!!"

깜짝 놀라서 귀를 막았다. 그 목소리가 얼마나 큰지 방금까지 자다 일어난 녀석이라고는 생각되지 않을 정도다.

바둑이가 내 다리에 바짝 달라붙어서 고개를 든 채로 내게 말했다.

"괜찮으세요, 도련님?"

"어, 뭐, 그래."

그보다 불편하다. 울 것 같은 눈으로 보지 마라. 나, 안 죽었다.

"괜찮아. 그러니까 걱정하지 마."

"……도, 도련님?"

걱정하지 않도록 최대한 평소와 같이 말하고 행동했는데.

"도련님, 정말 괜찮으세요?"

바둑이는 여전히 나를 걱정하는 눈치다. 이상하네. 나는 평소처럼 웃으면서 바둑이의 머리를 쓰다듬어 주며 말했다.

"그래. 그보다 다른 애들은 아직 자고 있어?"

이제 막 해가 뜨려고 하는 시간이다. 당연히 자고 있겠지. 즉, 나는 바둑이의 관심을 돌리기 위해 말을 꺼낸 것이었고, 성공했다.

"주인님도 세희도 다른 애들도 다 도련님을 걱정하느라 늦게 잤어요."

"어, 그래? 민폐를 끼쳤네."

그러면……. 일단 밥이나 먹으러 가 볼까.

"……도련님?"

나는 바둑이의 의아해하는 목소리를 뒤로하고 부엌으로 향했다.

지금 내 상황에서 기름진 음식 같은 걸 먹었다가는 바로 병원에 실려 가거나 요술의 도움을 받아야 할 처지가 될 것이 분명하다.

인간과 신선의 중간 단계에 있기 때문에 괜찮을 것 같다는 생각도 들지만 내 건강을 가지고 실험을 하고 싶지는 않아.

부엌의 냉장고를 뒤져 보았지만 지금의 내가 먹을 만한 것은 보이지 않았다. 어쩔 수 없군. 나는 전기밥솥에 남아 있는 밥을 냄비에 덜어서 물을 붓고 가스레인지 위에 올려놨다. 일단 죽을 먹자. 죽은 괜찮겠지. 이 나이에 미음부터 시작하고 싶지는 않거든.

식탁 옆의 의자에 앉아 푸른 가스 불을 바라보며 멍하니 시간을 보내려고 하니.

"성훈아!!"

"오라버니!"

[성훈!]

"아빠!!"

가지각색의 소리가 들리며 문이 덜컹 열렸다. 아, 한 명은 글이구나.

나는 그런 생각을 하며 고개를 돌려 아이들을 보았다. 모두들 복잡한 표정을 짓고 있지만, 공통적으로 가장 엿보기 쉬웠던 감정은 나에 대한 걱정이었다.

나는 아이들을 향해 손을 들어 인사를 하며 말했다.

"잘 잤어?"

아침 인사로 무난한 말을 했는데 뭔가 반응이 이상하다.

"잘 잤어가 아니느니라!!"

랑이가 꼬리와 귀를 세우고서 목소리를 높였다. 뭐가 그렇게 화가 났는지 털이란 털이 다 부풀어 올랐다.

"내가 얼마나 걱정한 줄 아느냐?! 아니, 나뿐만이 아니니라! 치이도! 페이도! 아야도! 바둑이도! 세희도! 냥이도! 모두 널 걱정하였느니라!"

무슨 말을 듣고 싶은 걸까. 미안하다는 말을 듣고 싶은 걸까? 아니겠지. 내가 왜 방에 처박혔는지 이야기를 듣고 싶은 걸까? 아니겠지.

"미안. 걱정 끼쳤다. 이제 괜찮으니까 걱정하지 마."

나는 빙긋 미소 지으며 랑이가 가장 듣고 싶어 할 이야기를 꺼냈다. 랑이를 위해 가장 좋은 말을 해 줬다고 생각하는데 반응이 이상하다. 랑이는 화난 모습 그대로 굳어 버리고서 눈만 깜빡이며 나를 보며 입을 열었다.

"성훈아……?"

이런 내가 너무나 생소하다는 듯이.

내가 잘못 말했나? 아닌데? 예전에도 이런 식으로 말하지 않았나?

"아, 아우우우……. 정말 괜찮으신 거예요, 오라버니?"

어딘가 당황한 것 같은 치이가 슬며시 나에게 물어 온다. 나는 고개를 끄덕이며 대답했다.

"응. 괜찮아. 그보다 잠깐만. 불에 죽을 올려놔서."

이대로라면 다 타 버릴 것 같기에 죽 상태를 보려고 일어나려는 순간.

[가만히 있어.]

페이가 가스레인지의 불을 끄는 것과 동시에 연기로 두 손을 만들어 내 어깨를 짓눌러 의자에 다시 앉게 만들었다.

'이 녀석이 왜 이러지?'라고 생각했다는 것을 보여 주기 위해서 살짝 고개를 갸우뚱거렸다.

그런 나를 보는 페이의 눈동자는 그 어느 때보다 깊고 조용했으며 진중했다.

페이가 내 눈을 들여다보며 **말했다.**

"너, 안 괜찮아."

여자애답지 않은 까칠까칠한 목소리에 다른 아이들까지 숨을 죽였다. 목소리에 담긴 힘 때문일지도 모른다.

"무슨 말이야?"

"나는 알아. 다른 사람은 몰라도, 나는 알아. 너, 지금……. 내 옛날 모습이야."

페이가 앞으로 나와, 내 멱살을 잡아끌어 당겼다.

"현실 도피했을 때의 나."

나는 바로 풀었지만 페이는 다시 내 멱살을 잡았다. 다시 풀었지만 이번에는 연기로 내 멱살을 잡아 아래로 끌어 내렸다. 나는 앉아 있는 채로 곤란한 미소를 지으며 허리를 굽혀 페이와 눈높이를 맞추게 되었다.

눈을 맞추고서 내 안을 보려고 하는 페이에게 나는 말했다.

"겨우 일어난 사람한테 너무하네. 현실 도피라니. 내가 현실 도피할 거면 아직 방에 있었겠지."

"그건 현실 부정. 네가 하고 있는 건 현실 도피. 두 개는 달라. 지금의 너, 시간이 지나면 **웬만한 일**로는 돌아올 수 없게 돼."

페이는 그 말을 마지막으로 연기로 만든 손을 놓았다. 나는 허리를 세우고 목을 몇 번 만진 다음에 말했다.

"괜찮아."

페이의 표정이 굳었다.

"걱정해 줘서 고마워."

[……]

페이는 뭐가 그렇게 마음에 안 드는지 얼굴을 찌푸리고 나를 노려본 뒤 몸을 돌려 안방으로 이어지는 문손잡이를 잡았다.

치이가 당황해서는 나와 페이를 번갈아 보며 말했다.

"폐, 폐이? 왜 그러는 건가요? 지금 무슨 뜻인 거예요?"

페이는 부엌을 나가며 뒤도 돌아보지 않고 글을 썼다.

[지금 우린 할 것 없음. 팝콘이나 먹어야 함.]

"아우우우우?? 그게 무슨 소리인가요?"

아무런 대답 없이 페이가 나가자 치이는 그 모습을 멍하니 지켜보며 머리카락만 파닥이고 있다. 나는 자리에서 일어나 냄비에서 국그릇에 죽을 옮겨 담은 뒤에 숟가락을 들었다. 시장이 반찬이라고 다른 반찬은 필요 없겠지. 자극적인 음식은 피하는 게 좋기도 하고.

언제나 아이들과 같이 상에서 먹어서 그런지, 식탁에서 먹는 건 꽤나 오랜만인 것 같다. 그런 내 옆에 아야가 의자를 가져와 앉으며 말했다.

"아빠? 다른 반찬 안 먹어도 돼? 내가 소화 잘 되는 거 준비해 줘? 나, 아팠던 때 있어서 그런 거 잘 아는데."

그 마음이야 정말 고맙지만 지금 배 속에서는 당장 아무거나 먹을 걸 달라고 아우성 중이다.

어쩔 수 없다. 일단 내가 살고 봐야지 아이들도 걱정을 안 하지. 나는 아야뿐만이 아니라 여기에 있는 모든 아이들에게 말했다.

"괜찮아. 그보다 내가 지금 배가 고프니까 그런데, 나중에 이야기하자. 응? 일단 사람이 살고 봐야지. 안 그래?"

배고파 죽겠으니 죽 좀 먹자는 내 속뜻이 잘 전해진 것 같다.

"그럼 기다리고 있을게, 꼬르륵아."

그렇다고 해서 내 의도대로 흘러가라는 법은 없지.

"……너희들은 남이 밥 먹는 거 쳐다보는 게 가장 추잡하다는 말 모르냐."

"아우우우, 그러면 저희들도 같이 먹는 거예요. 잠시만 기다리시는 거예요."

치이가 두 팔을 걷어붙이고 쌀을 씻으려고 했지만 나는 재빨리 말렸다.

"기다리다가 굶어 죽겠다."

아이들은 결국 내 필사적인 요청에 어쩔 수 없이 부엌에서 나가야만 했다. 다만 랑이만은, 처음 그때 그대로 굳어 버린 채 자기 발로 걷지 못하고 페이에게 이끌려 나가야만 했다.

그 시선은, 끝까지 내게서 떨어지지 않았다.

사람을 처음 본 것 같은 그 시선이 내 머릿속에서 잠시 머물다가…… 이윽고 사라졌다.

배도 채웠고 화장실도 다녀오고 몸도 씻고 나오자 이제 좀 살아 있다는 실감이 들었다.

"……."

"……."

취소. 화장실 앞에서 기다리고 있는 냥이와 세희를 보니까 전혀 그런 실감이 들지 않는다.

냥이는 겨우 실연 한 번 당했다는 것 때문에 방 안에 틀어박혀 흑역사를 쌓아 올린 나 때문에 소중한 여동생이 힘들었다는 이유로 짜증이 나 있는 것 같고…….

세희는 모르겠다. 눈도 코도 입도 달려 있지만 그것들이 모여 얼굴이 되지 않는다. 즉, 표정이 보이지 않는다.

나는 머리를 말리는 건 나중에 하기로 하고 수건을 목에 걸며 말했다.

"왜."

"왜라는 말이 나오느냐."

나는 잠깐 생각을 해 봤다. 그런데 내가 이 녀석들의 생각을 알 수 있을 리가 없다. 삼국지를 예로 들면, 강동의 덕왕

엄백호가 삼국지 최고의 두뇌인 제갈량과 두뇌 싸움을 벌이는 꼴이니까.

그래서 나는 머쓱한 웃음을 지으며 고개를 끄덕였다.

"응."

냥이가 담뱃대를 들고서 뛰어올랐다. 있는 힘껏 담뱃대를 내려쳤지만 그것은 세희의 손바닥에 막혔다. 냥이는 반탄력으로 공중에서 빙글 돌아 바닥에 서고는 세희에게 화를 내며 말했다.

"막지 말거라, 이것아. **예로부터 미친놈은 맞아야 정신을 차린다는 말이 있었느니라.**"

"저 역시 알고 있지만 그것은 냥이 님의 역할이 아닙니다. **이런 일에 적격인 분이 곧 오실 테니** 냥이 님의 손을 쓰레기로 더럽힐 필요는 없습니다."

세희가 입이 험한 건 하루 이틀이 아니지. 지금은 어찌 되었건 세희가 날 도와줬다는 거에 중점을 두자. 나는 세희의 말에 동조하듯 고개를 끄덕였다.

"그래. 그러니까 말로 해, 말로."

맞으면 아프니까.

"이것이 진짜!"

냥이가 털을 부풀리며 말했다.

"세상에 흔하디흔한 여자한테 한 번 차인 것 가지고 세상 무너진 것같이 굴지 말거라!"

"아, 그건 미안."

나는 고개를 숙였다.

“응?”

내가 사과를 할 줄은 몰랐는지 냥이의 의아해하는 목소리가 들린다.

나는 고개를 들지 않고 말했다.

“내 개인 사정 때문에 너희들한테 걱정 끼쳐서 미안해.”

정신을 차렸는지 냥이의 당황한 목소리가 들렸다.

“누, 누가 걱정을 했단 말이느냐?! 넘어져도 다시 서는 오뚝이 같은 너를 걱정하느니 잘 벼려진 부엌칼을 다시 한 번 갈겠느니라!”

랑이와 지낸 시간이 나름 길기 때문일까. 지금 냥이가 어떤 모습일지 목소리만 들어도 알 것 같다.

“그러면 다행이고.”

그래서 고개를 들었을 때, 냥이가 털을 삐쭉 세우고서 얼굴을 붉히고 있어도 당황하지 않았다.

하지만 그것도 아주 잠시.

“……흐음?”

냥이는 정색하고서 내 얼굴을 빤히 바라보았다. 아이들의 시선에 익숙하다고 해도 이렇게까지 대 놓고 들여다보면 꽤 부끄러워진다.

나는 슬쩍 고개를 돌리며 말했다.

“뭘 그렇게 빤히 쳐다봐?”

“네놈……. 분위기가 변했구나.”

나는 간지럽지도 않은 뒤통수를 긁으며 말했다.

"그야 그렇겠지. 일단 실연을 겪었잖아."

"아니다. 단지 그런 이유가 아니다. 무엇인가 있다."

분위기가 무거우니 농담으로 환기를 시켜야겠네.

"더 잘생겨졌나?"

랑이가 꺼냈을 때는 다들 배를 잡고 웃었던 농담을 건넸음에도 아무도 웃지 않았다. 심지어 세희는 나를 비웃지조차 않았다.

"농을 할 기분이 아니다."

냥이는 정색을 하고 나를 빤히 바라보며 말을 이었다.

"네놈, 말해 보거라. 그동안 방 안에서 무슨 작정을 한 거냐."

"작정은 무슨 작정? 그냥 좀 생각을 정리한 것뿐인데."

"흐음."

이 어색한 분위기를 어떻게 할까 생각하며 하하, 하고 속없는 웃음을 흘리고 있자니.

"잡아떼는 게 수저통에 들러붙은 물때 같은 것보다 더하구나. 그렇다면 내게도 생각이 있느니라."

냥이가 담뱃대를 입에 물고 연기를 후우, 하고 내게 내뿜었다. 담배 연기에 안 좋은 기억이 있는 나는 숨을 멈추고 손을 휘저으며 맑고 깨끗한 지리산의 공기가 다시 찾아오기를 기다렸지만 연기는 사라지지 않았다. 이 녀석이 또 나한테 요술을 쓰려는 것 같은데?

나는 도와달라는 뜻으로 세희를 보았다.

"라마즈 호흡법이라도 가르쳐 드립니까."

전혀 도와줄 생각이 없는 것 같다.

결국 나는 숨을 참지 못하고 역겨운 담배 연기를 들이마셔야 했다.

"콜록, 콜록, 콜록!!"

담배를 피워 보지 않은 내 목이 비명을 지르며 연거푸 기침을 내뱉었다. 하지만 내가 이런 꼴이 되게 만든 무례한 흡연자는 그저 고통스러워하는 나를 보며 꼬리에서 부적을 꺼내 손에 쥐고는 반을 찢었을 뿐이다.

"그렇구나."

자기 혼자 이상한 짓을 하고서 자기 혼자 납득하고 있다.

"네 녀석, 자기 자신을 가뒀구나?"

그리고 나온 말이 알 수 없는 소리다.

"무슨 소리야?"

"하! 이 정도면 네놈의 근성만은 인정할 수밖에 없을 지경이구나. 고작 일주일 만에 그리 완벽하게 틀어박힐 수 있을 줄은 상상도 못 했느니라."

머리가 나쁘면 입이 고생해야지.

"정말 몰라서 묻는 건데 지금 무슨 말을 하는 거야?"

"관두시지요, 냥이 님. 쓰레기와 말이 통할 거라고 생각하십니까."

나를 쓰레기라고 부른 것과 냥이의 요술에서 도와주지 않았다는 것이 감정에 뒤섞여서 말로 튀어나온다.

"말은 통하지 않을까. 일단 나, 지금 말하고 있잖아. 그리고 쓰레기라고 부르지 말고."

"이런. 죄송합니다, **도련님**. 하지만 입에서 나온다고 해서 모두 말이 아니지요."

"그러게 말이다. 나도 지금 말 같지 않은 소리를 계속 하고 있어서 그런지, 말 같지 않은 소리를 계속 듣는 것 같기도 해."

"……."

……내가 너무 심했나? 아닌데. 평소라면 다시 반박해 올 정도였는데.

"노, 농담이었어. 말이 심했으면 사과할게. 미안."

나는 고개를 숙이며 분위기를 환기시키려 노력했다. 하지만 세희의 표정은 변함이 없다. 아무것도 느껴지지 않는 무표정에 나는 살짝 겁에 질렸다. 뭔지 모르겠지만 이 녀석을 진심으로 화나게 만든 것 같으니, 일단 이곳에서 도망치고 랑이를 무기 삼아 이야기를 걸어 봐야겠다.

나는 슬쩍 뒤로 물러나며 냥이와 세희에게 말했다.

"그보다 할 말 없지? 오늘은 좀 바쁠 것 같아서 시간 낭비하고 싶지 않거든. 그동안 밀린 일도 있을 테니까."

세희가 냥이에게 물었다.

"있으십니까."

냥이가 몸을 돌리고 주먹을 움켜쥐고서는 혼잣말하듯 말했다.

"……됐다. 자기 굴에 숨어 버린 토끼는 아무리 호랑이라

해도 잡는 데 시간이 걸린다."

무슨 소리인지 모를 냥이의 말에 어리둥절해 있는 나 대신 세희가 답했다.

"그것은 어떨는지요."

고개를 돌려 노려보는 냥이에게 세희가 답했다.

"넌 또 무슨 소리이느냐. 네 녀석도 보이지 않느냐? 저 싱크대 밑으로 굴러 들어간 완두콩 같은 녀석이."

냥이가 세희를 노려보며 이를 드러냈다. 왜 이렇게 분위기가 흉흉해지냐고. 이러다가 싸우겠다.

나는 어쩔 수 없이 둘의 이야기에 끼어들었다.

"저 녀석이 잘하는 것 있잖아. 뭔가 있어 보이는 듯이 툭 던지는 거."

실제로 그렇게 생각하지는 않지만 지금 이 상황의 분위기를 가라앉히기 위해서는 이 방법밖에 없다고 생각한다.

"그렇게 생각하실 수도 있겠지요. 하지만 제가 정말 그런 수준 낮은 짓을 한다 생각하십니까?"

"아니, 그럴 리가 있냐. 그냥 해 본 소리지."

싸움을 말리려다 나하고 싸움 나겠다. 일단 여기를 뜨는 게 상책이겠네. 이 녀석들하고만 있으니까 무슨 살얼음판을 걷는 기분이야.

나는 일부러 혀를 내밀고 냥이와 세희를 지나치며 말했다.

"그보다 애들한테 하고 싶은 말 있으니까, 다들 안방에 불러 줘. 난 옷 갈아입고 갈 테니까."

잘 풀리면 좋겠다. 더 이상 나래와의 일 때문에 아이들에게까지 피해를 주고 싶지 않으니까.

옷을 갈아입고 안방으로 가자 아이들이 옹기종기 모여 있었다. 평소와 다른 것은 다들 뭔가 생각 중인 것과 나래가 없다는 것 정도일까.

음, 역시 나래가 없는 게 아이들에게는 심각한 문제겠지. 하지만 어쩔 수 없다.

나래가 스스로 내 곁을 떠나기로 한 이상, 나는 그걸 막을 수 없고 붙잡을 수도 없다.

그런 게 상대방에 대한 존중 아니겠어?

난 마음을 정리한 뒤, 아이들의 시선을 한 몸에 받으며 소파에 앉았다. 평소라면 누가 먼저라고 할 것 없이 내 무릎이나 양옆에 앉으려고 하던 아이들이 가만히 내 눈치만 살피고 있다.

나야 편하긴 하지만……. 슬슬 날씨도 추워지고 있다. 아무 녀석이라도 하나 와서 품에 안겨 줬으면 좋겠는데 말이야.

어쩔 수 없지. 이럴 때는 내 쪽에서 먼저 다가가야지.

"랑이야."

그래서 나는 랑이에게 두 팔을 벌리며 이리 와 안기라는 뜻을 표했다.

평소라면 우다닷 달려와 포옥 안겼을 랑이는…….

고개를 가로저었다.

엣?

"시, 싫어?"

랑이는 아무 말 없이 고개를 끄덕였다.

덕분에 잠시 적막이 흘렀지만, 그것도 잠시.

"키히힝, 그러면 내가 앉아야지~."

아야가 다가와서는 내 무릎 위에 앉았다. 그 모습을 보는 랑이의 눈동자에 잠깐 불꽃이 튀었고, 아야는 혀를 쏙 내밀며 기름을 부었다.

랑이가 자리에서 벌떡 일어나 소리치듯 말했다.

"아야야! 너는 지금 성훈이가 어떤 상황인지 모르느냐?!"

"우리 아빠가 뭐라도 잘못된 것처럼 말하지 마, 이 제멋대로야. 성훈이가 어떻게 변해도 내 아빠라는 건 변하지 않으니까."

랑이의 털이 곤두서는 것과 동시에.

"아우우우."

치이가 랑이의 눈치를 살피면서도 내 오른쪽에 앉고서는 말했다.

"왜 그러시는지는 알겠지만, 그래도 지금은 오라버니를 위로해 드릴 상황이라고 생각하는 거예요. 랑이 님은 오라버니에게 은근히 엄하신 것 같은 거예요."

도대체 뭐로 싸우는 건지는 모르겠지만, 치이가 아야의 편을 들자 랑이는 어딘가 당황해서는 조금 전보다는 가라앉은 목소리로 말했다.

“엄한 것이 아니니라. 나는 성훈이가 걱정되어서 그런 것이니라.”

“저도 걱정되는 거예요. 하지만 지금은 오라버니를 위로해 드릴 때라고 생각하는 거예요.”

“애초에 위로해 줄 것도 없어, 이 파닥파닥아.”

아이들이 뭔가 삼파전을 벌이는 양상을 보일 때, 냥이와 세희와 가희가 부엌에서 들어왔다. 랑이와 치이와 아야는 할 말이 있는 것 같았지만 입을 다물었다. 나는 부엌에서 들어온 셋과 랑이가 자리에 앉는 것을 보고서 입을 열었다.

“에~ 중대 발표가 있습니다.”

기분 탓일까. 내 목소리가 억지로 밝아 보이려 노력하고 있는 것 같은데. 역시 조금 전에 아이들이 별것 아닌 일로 말싸움을 벌이려고 했던 게 마음에 걸린 걸까. 하지만 아무도 말이 없었기에 나는 말을 이어야 했다.

“나래가 자기 집으로 돌아갔다. 아마 다시 돌아올 일은 없을 거야.”

랑이가 손을 들었다.

“네 입을 통해 듣고 싶은 것이 산더미 같지만 그건 나중에 묻겠느니라.”

즉, 내 입이 아닌 곳에서는 들었다는 거다.

“또한, 나래 스스로 나와 아해들에게 이곳을 떠난다는 말을 했으니 그것에 대한 것은 말할 필요 없느니라.”

떠나기 전에 말은 하고 갔나 보구나. 언제일까. 내가 제정신이 아닐 때였을까. 그런 생각을 하고 있을 때 랑이가 계속해서 말했다.

“사실 일이 어쩌다 이렇게 되었는지는 상관없느니라. 나래와 싸웠다면 다시 화해하면 되는 것이고, 나래가 집을 나갔다면 다시 한번 제대로 이야기를 한 뒤, 그 후에 결정해도 되는 일이니라.”

랑이가 꽤나 어른스러워진 것 같군. 아니, 내가 바랐기 때문에 어린아이의 모습으로 있는 거지 원래는 내 나이 또래가 된 녀석이니까 당연한 건가.

오히려 지금까지 내게 보인 모습이 거짓이라고 봐야 하는 걸지도? ……아니, 그건 아니겠지. 그런 쪽으로 머리를 굴릴 녀석은 아니다.

이 녀석을 의심하는 것만큼 바보 같은 짓은 세상에 없지.

“하지만 지금 가장 중요한 것은 그런 것들이 아니니라.”

생각을 끊고 랑이의 말에 귀를 기울인다. 우리 랑이가 이렇게 어른스러워졌는데, 잘 들어줘야지.

응.

“기억하느냐? 나는 네가 아픈 얼굴을 하는 것이 싫다고 했던 것을.”

……그게 언제였더라. 아, 기억났다. 치이 때문에 난리 법석

이 일어났을 때의 일이었다.

나는 고개를 끄덕였고 랑이가 말했다.

"나는 네가 침울해져 있으면 마음이 슬프고 아파진다 하였느니라. 그래서 나래가 떠났기에 방 안에서 식음을 전폐하는 너를 보는 내 마음은 찢어질 것같이 아팠느니라. 그런데……."

랑이는 흔들리는 눈동자로 나를 보고 있었다.

"그런데 어째서 나는 지금 슬프지도 괴롭지도 아프지도 화나지도 않고, 그저 텅 비어 버린 느낌만 드는 것이느냐! **너는 지금 자신의 감정을 죽여 버린 것 아니느냐?!**"

완전 억지잖아. ……어른스러워졌다는 거 취소.

"이상한 소리 하지 마. 뭐 어떻게 하면……."

감정을 죽일 수 있냐, 같은 말은 입에서 튀어나오지 못했다.

"이상한 소리가 아니니라!"

랑이는 지지 않겠다는 듯이 나를 똑바로 바라보며 말했다. 그 황금색 눈동자에는 성난 해일이 와도 물러나지 않을 것이라는 각오가 엿보여서, 나도 진지하게 대해야겠다는 생각이 들었다.

"네가 혼자 그렇게 느끼는 거잖아."

랑이가 벌떡 일어나 소리를 버럭 질렀다.

"아니다!"

"자, 잠깐, 랑이야!"

나는 괜찮은데 네 옆에서 놀라는 아이들 생각을 해라! 그렇게 호랑이 기운을 솟구치면서 소리를 지르면 다들 무서워한다고.

"아니다, 아니다, 아니다, 아니다, 아니다, 아니다, 아니다, 아니다!! 아니란 말이다! 나는 알 수 있다! 나는, 다른 아해들은 몰라도 나만은 너의 마음을 느낄 수 있다! 우리는 그런 사이니까! 그렇게 맺어진 사이니까! 그러니까 알 수 있다! 지금의 성훈이는, 성훈이는 뭔가 이상하느니라!"

랑이는 거의 울상이 되어서 소리쳤다.

"마치, 마치!! 여기 있는 성훈이는 **알맹이가 없는 빈껍데기 같단 말이니라!!**"

나는 도대체 뭐라고 대답해야 할지 몰라 입을 다물었다. 랑이가 왜 저런 말을 하는지 생각을 해 보았지만, 떠오르는 답이 없다.

그래서 나는 사실대로 말했다.

"……미안. 무슨 소리인지 모르겠다."

나는 다른 아이들이 불안해하지 않도록 일부러 느긋하게 다리를 꼬는 것으로 여유를 보이면서 어깨를 으쓱거렸다.

"며칠 동안 좀 제정신이 아니었던 것 때문에 그렇게 생각하나 본데, 난 괜찮아. 너무 걱정하지 마."

"걱정하는 것 정도는 허락해 주시는 거예요, 오라버니."

……이번에는 치이였다.

치이까지 끼어드니까 조금 이상한 기분이 든다.

아이들이 보기에는 내가 그렇게 이상해 보이나?

분명 나래가 떠났다는 사실은 내게 있어서 정말 큰 충격이었다. 일주일 동안 방 안에 틀어박힌 것만 봐도 알 수 있겠지.

하지만 지금은 괜찮다. 어째서인지 모르겠지만 오늘 아침. 일어나 보니 나는 마음의 정리가 끝나 있었다. 뭐, 잠들어 있는 사이에 무의식이 열심히 일했나 보지.

하지만 이건 내가 아이들에게 뭐라고 설명할 수도 없는 일이다. 그리고 아이들이 걱정해 주는 걸 뭐라 할 수도 없는 일이고 말이야.

그러니까 지금은 그저 아이들의 이야기를 듣자. 그렇게 마음속으로 결정이 끝났을 때.

치이는 처음 만났을 때처럼 귀 위 머리카락을 파닥파닥하면서 내게 살포시 몸을 기댔다.

내 품에 안긴 아야의 시선이 곱지가 않다.

"그렇지 않으면 오라버니를 위해서 아무것도 할 수 없으니까요."

"아니, 난 괜찮은데……."

"괜찮으면 그게 더 안 괜찮은 거예요."

치이는 딱 잘라서 내 말을 부정했다.

"나래 언니가 집을 나간 거예요, 오라버니. 오라버니가 랑이 님만큼 사랑하는 나래 언니하고 헤어진 거예요. 그런데 괜찮으면 그게 이상한 거예요."

"그래서 일주일 동안 그렇게 지냈잖아."

겨우 마음을 정리한 나를 매도하지 말아 줬으면 좋겠다. 꼭, 나래에 대한 내 마음이 아무것도 아니었다는 듯이 곡해돼서 들리니까.

그런 이야기를 하기 전에 아야가 손을 들어 치이의 어깨를 슬쩍 밀며 말했다.

"이상한 소리 하지 마, 이 새대가리야. 마치 우리 아빠가 잘못된 것처럼 이야기하고 있잖아."

효심이 대단한 딸이 나왔다.

"우리 아빠는 나쁘지 않거든? 나쁜 건 다 그 가슴만 큰, 곰의 일족이야. 그렇지, 아빠?"

뭐라고 대답해야 할지 잘 모르겠군.

"그 나쁜 곰의 일족 때문에 일주일 동안 고생한 것만으로 충분하니까, **이젠 신경 안 써도 돼. 내가 아빠 곁에 있으니까, 키이잉……."**

꼬리까지 붉히면서 부끄러워하던 아야는 아직 할 말이 많은지 옆으로 앉아 내 목을 끌어안으며 사랑을 속삭이는 연인처럼 내게 말했다.

"아빠가 무슨 선택을 하든……. 나는 아빠가 잘못했다고 말하지 않아. 나는 아빠 편인 걸."

나는 아야의 앙증맞은 애교를 받아 주며 페이에게 시선을 돌렸다.

"혹시 너도 할 말 있냐?

[말을 해도 이길 자신이 없음.]

고맙긴 한데 그 이유가 좀 그렇구나.

"너는?"

어느새 바둑이는 잠을 자고 있었다. 나는 민망함을 감추기 위해서 재빠르게 다른 쪽으로 시선을 돌렸다.

"너희들은?"

나중에 들어온 세 명에게 동시에 물어보았다. 냥이는 담뱃대를 입에 물었고, 세희는 가운데 손가락을 통해 할 수 있는 욕설을 보여 줬다.

다만, 가희는 달랐다.

"이럴 때는 몸으로 위로받는 것이 좋다고 생각해요."

그리고 가희는 랑이에 의해 저 하늘의 별이 되었다.

"지금 이 지경에 농이 나오느냐!!"

그 말을 들어야 할 가희는 이미 벽을 뚫고 나가 마당에 시체처럼 뒹굴뒹굴하고 있다.

……뭐, 괜찮겠지. 가희의 주인인 냥이도 한 번 고개를 돌려보고 다시 이쪽을 봤으니까.

어쨌든.

각자의 반응은 조금씩 다르지만……. 나는 아이들에게서 한 가지 공통점을 발견할 수 있었다.

그것은, 내가 현재 평소와 다르게 보인다는 것. 그렇기 때문에 나를 대하는 방식이 각자의 개성에 맞춰 달라졌다는 것.

랑이는 내가 빈껍데기라고 말하고 화를 냈다.

치이는 내가 걱정되어서 무엇이라도 하고 싶어 한다.
페이는 내가 말이 안 통하는 상황이라 했다.
아야는 내가 잘못한 일이 없다고 했다.

나는 아무렇지도 않은데 왜 이렇게까지 이상한 사람 취급을 받는 걸까. 왜일까. 나는 랑이와 치이와 아야가 했던 말을 곱씹어 보았다.

그리고 나는 한 가지 이유를

조금 전까지 무슨 생각을 했더라.

그보다 지금 급한 건 내 품에서 키힝키힝하며 손가락으로 가슴을 매만지는 아야와, 옆에서 '저는 오라버니를 위로할 준비가 돼 있는 거예요.'라는 눈빛을 보내고 있는 치이. 그리고 '자수하면 봐주겠느니라.' 하고 눈빛을 보내고 있는 랑이에게 뭔가 말을 해 줘야 한다는 것이다.
"음. 이런 상황에서 내가 지금 뭐라고 말을 해야 할지 모르겠는데……."
나는 아야를 품에 꽈악 끌어안아 주며 말했다.
"일단 내 사정에 대해서 이야기해 주는 게 먼저겠지."

나는 잠시 말을 끊고 생각을 정리한 뒤 입을 열었다.

"내가 나래를 찾아가지 않는 건, 일주일간 방 안에서 마음의 정리가 끝나서일 뿐이야. 내가 만족한 상황에 나래는 만족하지 못한다는 걸 알았거든. 우리 둘이 맞지 않았던 것뿐이었어."

치이야, 왜 겨울날에 박스 안에서 추위 속에 떨고 있는 아기 고양이에게나 향할 시선으로 나를 보니?

"그러니까 이렇게 헤어지는 것도 어쩔 수 없는 일이었지. 그런 걸로 후회하고 아파해 봤자, 다시 어떻게 돌이켜 보려고 해도 어쩔 수 없잖아?"

랑이야, 왜 울고 싶은데 화가 나서 울지도 못하겠다는 표정으로 나를 보고 있어?

"응? 그러니까, 정말 괜찮으니까. 이 이야기는 일단 여기서 끝내자."

아이들은 대답하지 않았다.

"그러는 것이 좋겠습니다."

세희가 대표자라는 듯이 말하는 것과 동시에 랑이가 고개를 돌렸다. 랑이는 자신의 창귀에게 뭔가 말을 하고 싶어 하는 눈치였지만 굳게 다문 세희의 입술과 닫혀 버린 눈꺼풀을 보고 고개를 돌리며 주먹을 쥐었다. 나는 그 모습을 보며 말을 이었다.

"그리고 나래하고 만나고 싶으면 만나러 가도 되니까, 응? 서울이 그렇게 먼 것도 아니잖아? 안 그래?"

아이들은 대답하지 않았다.

"왜 내가 그런 나쁜 곰의 일족을 만나러 가야 하는데?"

아야만이 품에서 볼멘소리를 하며 나래를 흉보았기에 나는 머리를 쓰다듬어 주며 화를 달랬다. 그러는 사이에도 랑이와 치이와 폐이는 아무 말도, 아무런 글도 쓰지 않았다.

……아직 어려서 그런가. 아니면 받아들일 수 있는 시간이 필요한 걸지도 모르겠다. 그래. 그런 걸 거야.

그래서 나는 화제를 돌릴 겸, 세희에게 말했다.

"아, 그리고. 그 서류에 도장 찍는 거, 조금만 더 너희들이 해 주면 안 될까? 지금 몸 상태를 봐서는 무리하면 안 좋을 것 같아서 말이야."

"알겠습니다."

세희는 고개를 끄덕였지만 냥이는 인상을 찌푸렸다.

"멋대로 네 사정대로 날 휘두를 생각 하지 말거라."

냥이가 이를 드러내기에 나도 이를 드러내며 웃었다. …… 이렇게 말하니까 내가 싸움을 거는 것처럼 보이네.

나는 신뢰의 미소를 보냈다.

"날 위해서가 아니라 랑이를 위해서라고, 언니. 잘 부탁해."

"이 빌어먹을 자식이 누굴 언니라 부르는 것이느냐. 날 언니라고 부를 수 있는 건 흰둥이밖에 없느니라."

냥이가 그르르릉 소리를 내며 낮게 울었지만 본심은 아니겠지. 그랬다면 바로 집에서 뛰쳐나가려고 들 성격이니까.

자, 그럼 이 자리를 파하면 되겠군. 나는 말을 잃은 아이들을 위해서 짝! 하고 박수를 쳤다.

“자! 이야기는 이것으로 끝. 내 말을 이해하기 힘들겠지만 일단 시간을 가지고 생각한 뒤에 말해 줬으면 좋겠어.”

나는 급하게 자리를 파하고 도망치듯 내 방으로 돌아갔다.

있는 거라곤 서류가 가득히 쌓인 책상과 의자와 장롱뿐인 내 방이지만, 사실 놀려고 하면 얼마든지 놀 수 있는 것이 요즘 시대다. 나는 장롱에서 이불을 꺼내서 등을 기대고, 폰을 꺼내서 충전을 시키며 앱을 켰다. 한동안 게임을 안 했더니 요즘에 뭐가 재미있는지 모르겠네. 탐정의 왕? 틱택토? 뭘 먼저 할까…….

이것저것 할 만한 게임을 찾고 있자니 문이 열렸다. 슬쩍 시선만 돌려 보니 페이였다.

“왜.”

[그냥.]

페이는 그렇게 글을 쓰고 내게서 떨어진 곳에 앉아서는 벽에 등을 기대고서는 노트북을 꺼내 들었다. 나는 이내 신경을 끄고 휴대폰으로 탐정의 왕이라는 게임을 다운받았다.

……용량이 크지만 와이파이니까 괜찮겠지. 이제 막 게임을 실행하려고 했을 때.

[자살할 거임?]

깜짝 놀라서 벌떡 일어나 앉았다.

“갑자기 무슨 소리야? 내가 왜 자살해?”

[난 예전에 할 뻔했음.]

"그, 그랬냐."

얼굴은 모르지만 페이를 괴롭혔던 아이들에 대한 분노가 순간적으로 울컥 솟아올랐지만 나는 감정을 추슬렀다.

그런데 지금 갑자기 왜 그런 말을 한 거지? 너무 뜬금없잖아? 하지만 중요한 건 페이가 아픈 과거에 대한 이야기를 꺼냈다는 거다.

"지금은 괜찮지?"

페이는 내 말에 대답하지 않고 내 눈을 빤히 쳐다보았다. 방구석에서 나온 뒤로 내 눈동자가 절찬리 인기몰이 중인 것 같다.

[난 괜찮아.]

그때, 나는 페이가 하고 싶은 말이 뭔지 깨달았다. 아아, 그런 거였구나.

나는 피식 웃고 페이의 손을 툭툭 건드리며 말했다.

"나도 괜찮아. 그리고 내가 너희들을 놔두고 왜 그런 끔찍한 짓을 해?"

내 말에 페이가 나를 좁혀진 눈매로 보며 글을 썼다.

[그보다 더 끔찍한 짓 하고 있다는 자각 없음.]

"……방에 누워서 게임하는 거?"

우리 집에서 세희만큼이나 게임을 좋아하는 페이다. 만에 하나라도 게임을 마약이라고 치부할 일은 없다.

하지만 지금 내가 하고 있는 거라곤 누워서 게임을 다운받는 것밖에 없다.

[……아니야.]

"그럼 뭔데?"

페이가 쓴 '×2'라는 글자가 [……아니야.] 옆에 달라붙는다. 페이의 표정을 살펴보니 뭔가 쓰고 싶은 글은 있는 것 같지만, 마치 일생의 모든 것을 담은 역작의 첫 시작을 어떻게 해야 할지 고민하는 작가처럼 보여서 나는 아무것도 묻지 않기로 했다.

"알았어."

난 신경 쓸 것 없다는 뜻으로 다시 이불에 등을 기댄다. 페이는 심연의 땅 끝까지 닿을 것 같은 한숨을 쉬고는 노트북의 화면으로 시선을 돌렸다. 나도 페이에 대해서는 신경을 끄고 게임에 집중했다.

가끔 페이가 나를 힐끗힐끗 보고, 연기를 내뿜었다가 자기 손으로 흩뿌리며 양 갈래 머리를 빙글빙글 돌리는 것이 보였지만, 나는 페이가 아직 자신의 글을 다듬지 못한 것 같았기에 말을 걸지 않았다.

시간이 지나고.

탁.

페이가 노트북을 접었다. 게임에 집중하고 있다고 해도 귀는 열려 있기 때문에 나는 고개를 돌렸다.

페이는 노트북을 허리에 차고 일어나 나를 내려다보며 말했다.

[……생각 정리되면 다시 올 거임.]

마치 협박을 하듯 비장한 표정으로 그렇게 글을 쓰는 페이에게 나는 밝은 미소를 지으며 말했다.

“그런 건 허락 안 받고 언제든지 와도 좋아. 페이는 내 옆에 둥지 틀었잖아?”

[성훈.]

페이가 페이답지 않게 진지한 시선으로 나를 올려다보며 글을 썼다.

[둥지를 틀었다는 것의 정확한 의미, 알고 있음?]

들은 적이 없기에 알 수도 없었다. 그 전에 물어본 적도 없었지만.

“아니.”

[둥지를 틀기 위해서는 둥지를 틀 곳에 대해 잘 알아야 해. 거기가 어떤 곳인지, 근처에 천적은 없는지, 둥지를 틀기 위한 재료가 있는지, 먹이는 잘 잡히는지, 새끼들을 키우기 좋은 곳인지.]

나는 지금 자연 과학을 배우는 기분이 들었다.

[난 성훈을 잘 앎. 지금은, 랑이보다 더 잘 안다고 자신함.]

페이는 말했다.

“나도 아이들에게 괴롭힘당하고서 그런 적이 있었으니까.”

페이가 나를 두 팔로 꼬옥 끌어안았다.

“그래서 나는 지금의 네 모습을 싫어한다 해도, 너를 받아줄 수 있어.”

영문을 모를 페이의 고백에 나는 당황할 수밖에 없었다.

"페, 페이야. 왜 그래?"

하지만 페이는 아무런 글도 쓰지 않고 몸을 돌려 할 말은 이미 다 했다는 듯 내 방에서 나갔다. 나는 그저 멍하니 그 뒷모습을 지켜보기만 했다.

페이의 말과 행동에 대한 답을 찾기도 전에 치이가 찾아왔다.

생각할 시간을 주려고 했지만, 아직 다들 어려서 그런 걸까. 아니면 **다른 이유**가 있기 때문일까.

그런데 치이야.

"……그건 또 왜 입었어?"

"아, 아우우우……."

이제 가을이다. 여름과는 다르다. 더울 때는 덥지만 슬슬 공기가 달라지고 있기 때문에 지금 치이가 입은 옷같이 노출이 많은 옷은……. 음…….

보호자로서, 오빠로서 좀 자제해 주었으면 하는 바람이 있다.

그러니까, 이 녀석이 지금 입고 온 옷이 말이다.

차이나 드레스거든.

예전에 한 번 랑이가 입은 걸 본 적이 있긴 한데 치이가 입은 건 이름만 차이나 드레스지 완전히 다른 옷이었다.

그 용도도 다르지 않을까, 같은 생각이 머릿속을 스치고 지나갔지만 나는 바로 지워 버렸다. 저리 물러가라, 음란 마귀. 우리 치이와 있을 때 네놈은 필요 없다.

하지만 어찌 되었건 치이가 입은 차이나 드레스가 랑이와 같이 허벅지 아래까지가 아닌 가슴 바로 밑, 즉 허리 위까지 옆트임이 이어져 있다는 것과 소매도 없어서 어깨가 훤히 드러난다는 것은 사실이다.

즉, 평범한 옷으로는 보이지 않는다는 말이다. 마치…….

예를 드는 것조차 위험해지니 그만두자.

나는 한숨을 쉬고 얼굴을 한 손으로 가리며 앓는 소리를 냈다.

"끄응~."

"꺄우우우웃?!"

치이가 귀 위 머리카락을 파닥이며 당황한다. 혹시라도 내 의도를 잘못 받아들일까 봐 나는 말을 덧붙였다.

"옷은 잘 어울려. 잘 어울리는데 말이다."

하아~.

내가 내쉰 한숨과 치이가 내쉰 한숨이 하모니를 이룬다. 다른 것이 있다면 한쪽은 안도의 한숨이고 한쪽은 걱정의 한숨이라는 것일까.

"안 춥냐?"

"아우우우……. 지금 추운 게 문제가 아닌 거예요."

옛날에 얼어 죽을 뻔했던 녀석이 그런 말을 하니 조금 웃기다. 나는 입가에 주먹을 대고 쿡쿡, 소리 죽여 웃었다.

"오, 오라버니?"

오늘따라 치이가 내 행동 하나하나에 반응이 심한 건 나를 걱정해서겠지.

나는 착한 여동생을 손짓으로 불렀다. 치이는 살짝 불안해하는 표정을 짓고서 내게 살며시 다가와 앉았다. 그러면 내가 할 짓은 하나밖에 없지.

"꺄우우우?!"

나는 치이를 끌어당겨서 내 옆에 눕혔다. 깜짝 놀랐는지 허리 힘으로 벌떡 일어나려는 치이를 팔로 억누른다. 이 녀석이 마음만 먹는다면 벗어나는 거야 간단하겠지만, 치이는 그렇게 하지 않았다.

그저 현실에 수긍하고 저항을 포기한 채 내 옆에 조용히 누웠다. 나는 조용히 치이에게 물어보았다.

"왜, 또 누가 그런 옷을 입으면 내가 좋을 거라고 이야기라도 했냐?"

"아닌 거예요."

응? 옆을 보자 치이가 얼굴을 붉히며 나를 보고 있었다. 시선이 마주치자 치이는 입을 벌리려다가 고개를 숙이고서 자그마한 목소리로 말했다.

"오라버니가…… 좋아하실 것 같아서 제가 입은 거예요."

솔직히 말하지.

귀여운 여자애가 이런 옷을 입는 걸 진심으로 싫어할 사람이 어디 있겠어? 싫어한다고 해도 그건 이런 옷을 입은 것 자체에 있는 것이 아니라 부가적인 이유 때문일 것이다.

즉, 나도 좋아한다는 말이다. 다만 내가 이런 옷을 입어 주는 것을 좋아하는 사람으로서 아이들에게 이미지가 잡히면 곤란할 뿐이지.

이미 조금 늦어 버린 것 같지만.

"……싫어하시는 거예요?"

"아니, 그럴 리가 있냐. 말했잖아, 어울린다고. 정말 예뻐."

"꺄우우우~."

치이가 얼굴을 붉히면서 두 손을 들어 얼굴을 가린다. 그런데 이상하다. 이 녀석이 왜 이렇게 소극적으로 행동하는 거지? 평소라면, "역시 오라버니는 변태 로리콘인 거예요!" 같은 말을 했을 것 같은데.

아, 물론 부끄러워하는 건 똑같겠지만……. 역시 내가 걱정돼서 그런 건가.

이 기특한 것!

"꺄우우우?!"

나는 그 마음을 가득 담아 치이를 두 팔로 끌어안고서는 머리카락에 볼을 비볐다.

"오, 오라버니?"

치이의 가슴이 물컹하니 와 닿고 차이나 드레스의 치마 부분이 옆으로 놓여 드러난 새하얀 허벅지가 내 허벅지 사이에 끼인 것이 너무 부드러워서 나의 안에 잠재워져 있던 또 다른 나 자신이 불끈하고 솟아오를 뻔했지만 오라버니라는 이름의 억제력이 힘을 발휘했다.

위험했네.

그래서 난 다시 치이의 어깨를 잡아 살짝 거리를 벌려 조금 전과 같이 내 옆에 누운 상태로 만들며 말했다.

"어쩜 그렇게 귀여운 짓만 하냐."

"아우, 아우우우……."

그런데 반응이 이상하다. 기뻐하는 것 같지만 기뻐하는 게 아니다. 오히려 내 칭찬을 거북해한다. 부끄러워서 그러는 게 아니다.

치이는 진심으로 이 상황을 어떻게 할지 몰라 하고 있다.

"……왜 그래, 치이야. 무슨 일 있어?"

걱정된다. 그 마음이 내 얼굴 근육을 굳힌 것 같다.

"아우, 아우우우."

치이는 제대로 말도 못 하고 고개만 저으며 내 말을 부정했다. 뭔가 말을 하고 싶어 하는 눈치이기에 나는 치이의 마음이 진정되기를 기다렸다.

시간이 지나고.

"오라버니가……."

치이가 입을 뗐다.

"오라버니가 걱정되는데."

치이의 푸른 눈동자가 물기에 젖는다.

"저는…… 저는 이런 옷을 입고…… 애교 떠는 것 말고는…… 아무것도 못하겠는 거예요…….”

뚝뚝 떨어지는 눈물을 보니 내 마음이 아프다.

“도대체…… 제가 뭘 해야 하는지 아무것도 모르겠는 거예요, 오라버니.”

“울지 마, 치이야.”

나는 치이를 꼬옥 끌어안아 주었다. 가슴팍이 축축하게 젖어 온다. 나는 치이의 머리를 쓰다듬어 주며 말을 이었다.

“치이가 걱정해 주는 거로 충분한걸. 나는 괜찮으니까, 그렇게 울지 마.”

“아니에요, 아닌 거예요.”

치이가 고개를 젓는다. 덕분에 셔츠의 젖은 부위가 늘어났다.

“지금 위로받아야 하는 건 오라버니란 말인 거예요.”

나는 치이의 흐느끼는 소리를 들으며 잠시 생각했다. 치이가 지금 무슨 걱정을 하는지는 이미 알고 있다. 문제는 어떻게 하면 달랠 수 있을지, 그 방법이 보이지 않는다는 거지.

나는 이미 진심을 다해 난 괜찮다고 말했다. 하지만 지금 반응이 이렇다.

그렇다면……. 그 반대로 해 보자.

“고마워, 치이야. 치이가 걱정해 줘서, 날 위해서 그런 옷도 입어 줘서 덕분에 마음이 많이 나아졌어.”

내 딴에는 좋은 방법이라고 생각한다.

“우…… 우우우우우…….”

그런데 치이가 대성통곡한 이유는 무엇일까.

"우아아아아아앙~!!"

[무슨 소리임?!]

그리고 그 울음소리는 치이 바라기 녀석을 불렀다. 방문을 열고 벌컥 들어온 페이는 내 방에서 일어난 일을 확인하고는…….

[울면 안 됨.]

치이에게 다가가 그 어깨에 손을 올렸다. 치이가 내게서 몸을 돌려 페이의 품에 안긴 것은 그다음이었다.

……오빠는 조금 슬프구나.

"하지만, 훌쩍, 하지만, 페이."

[알고 있음. 그러니까 울면 안 됨. 울어야 사람은 따로 있음.]

"우우, 우윽……."

치이는 힘껏 눈물을 삼키려고 한다. 하지만 그게 그리 쉽게 되는 일이었다면 세상에 눈물샘이 터졌다는 말이 있을 리가 없겠지.

페이는 그런 치이의 등을 토닥이며 나를 보았다. 그 시선이 말하고 싶은 것이 무엇인지 나는 왠지 모르게 알 수 있었다.

모르겠어?

모르겠다.

폐이는 그럴 줄 알았다는 듯 고개를 끄덕이고 치이의 손을 잡으며 글을 썼다.

[일단 내 방으로.]

폐이는 대답을 듣지 않고 거의 반 강제로 치이를 끌고 나갔다. 치이는 반항하지 않고 옷소매로 눈가를 훔치며 폐이를 따라 나갔다.

나는 그런 둘을 잡지 않았다.

눈물과 콧물로 더러워진 옷을 벗은 채 가만히 앉아 생각을 해 보았다.

나는 아이들이 나를 걱정하는 이유를 안다고 생각하고 있다.

하지만 정말로 알고 있는 걸까?

그렇다고 보기에, 치이와 폐이의 반응은 조금 이상하다. 나래와 헤어져 내가 충격을 받았다는 것이 아닌,

응? 내가 지금 뭘 하고 있었더라?

아, 맞다. 옷 갈아입으려고 했었지. 나는 긴팔 티를 입고 다시 이불에 드러누웠다.

치이가 울었던 게 걱정되지만, 치이에게는 폐이가 있으니까 괜찮겠지. 나 같은 것보다는 치이를 잘 달래 줄 수 있을 거다.

나는 다시 휴대폰을…….

드르륵, 문 열리는 소리에 나는 고개를 돌렸다. 이번에는 아야였다.

아무래도 순서를 정해서 찾아가기로 결정한 것 같다. 자, 그러면 아야 다음에는 누구려나. 랑이려나, 바둑이려나, 설마 그럴 일은 없겠지만 냥이나 가희는 아니겠지.

세희는 평소처럼 다들 찾아온 다음에 올 것 같고.

"틀렸습니다, **도련님.**"

그리고 아야는 눈 깜짝할 사이에 세희로 변했다. 나는 한숨을 쉬고, 다시 휴대폰 화면으로 시선을 돌리며 대꾸했다.

"고생한다, 진짜."

내가 그런 생각을 하자마자 변신을 풀다니. 정말 지기 싫어하는구나.

"도련님께는 단 하나라도 지고 싶지 않습니다."

……평소보다 너무 생각을 잘 읽는 거 아닐까. 그런 생각을 하며 입을 떼려는데.

"예, 그렇습니다."

세희가 말했다.

"지금 저는 도련님의 생각을 읽는 요술을 쓰고 있으니까요."

"엑."

입이 떡 벌어질 것 같다.

이 녀석이 내 생각을 읽는 것같이 말한 적은 수도 없이 많지만, 그때마다 자기가 요술을 썼다는 사실을 부정해 왔다.

그런데 지금은 왜?

"왜긴 왜입니까. 지금의 도련님의 생각을 짐작할 자신이 없기 때문이 아니겠습니까."

세희는 그렇게 말하고서는 방 안으로 걸어 들어왔다. 언제부터 내 방 문이 자동문이 되었는지는 모르겠지만, 세희가 안에 들어오자마자 탁, 하고 닫힌다.

이 녀석이 들어왔는데 누워서 게임을 하기에는 예의가 아닌 것 같아서 나는 일어나 앉았다. 세희는 그런 내 맞은편에 규중 규수처럼 앉아 나를 똑바로 보며 말했다.

"그래서."

세희의 눈이 번쩍하고 빛난 느낌이 든다.

"왜 이상하게 생각하지 않으십니까."

……응?

나는 세희가 무슨 뜻으로 그런 말을 했는지 생각해 보았지만 답이 나오지 않았다. 그런 나를 보며 세희가 한숨을 쉬었다.

"제가 요술을 써서 도련님의 생각을 읽고 있다고 말한 것 말입니다."

"아, 난 또, 뭐라고."

나는 피식 웃으며 말했다.

"네가 요술 쓰는 거 내가 한두 번 보는 것도 아닌데, 뭐."

"중요한 건 그 부분이 아닐 텐데요?"

세희의 입가가 올라간다. 명백한 비웃음이다.

역시 이 녀석에게는 이런 미소가 어울린다.

"생각을 읽고 있다고 말씀드린 것, 잊으셨습니까."

"뭐, 왜, 어울린다고 생각 좀 할 수 있지. 생각 탄압 반대다, 인마."

"……다시 말씀드리겠습니다."

세희는 크게 한숨을 쉬고서 말을 이었다.

"중요한 건 그 부분이 아닐 텐데요?"

그러면 뭐가 중요하다는 걸까. 세희는 무엇에 초점을 맞추고 싶어 하는 걸까. 나는 생각을 했고, 답은 나왔다.

"모르겠는데."

"그렇다면 다시 묻겠습니다."

그 말이 끝남과 동시에 아침때처럼 세희의 표정이 지워졌다.

"도련님."

내가 보고 있는 것이 사람인지 달걀귀신인지 구분이 가지 않는다.

"왜 이상하게 생각하지 않으십니까."

같은 말이지만 다르다. 세희가 중점으로 다룬 것은 다른 것이다. 하지만 뭔데? 도대체 내가 뭘 이상하게 생각해야 하는데?

요술을 쓴다고 인정한 것 말고도 또 다른 게 있나?

"도련님. 정말 모르시겠습니까?"

나는 고개를 끄덕였다.

세희의 얼굴에 표정이 돌아왔다. 그건 내가 지금까지 몇 번이나 보았던 얼굴.

예를 들자면, 랑이가 홀로 지리산으로 떠났을 때.

예를 들자면, 냥이의 요술 속에 갇혔을 때.

나를 죽일 듯이 노려보는 세희에게 나는 살짝 겁에 질려서 말했다.

"너, 너, 왜 그래?"

세희는 내 질문에 대답하지 않았다.

"저는 지금까지 일부러 **주인님**을 **도련님**이라고 불렀습니다. 아시겠습니까?"

몰랐다.

"그리고 평소의 주인님이었다면 자신을 부르는 말이 변한 것을 눈치채지 못했을 리가 없습니다."

그, 그랬나?

"그렇습니다. 왜냐하면 주인님께서는 그 누구보다 타인이 자신을 바라보는 시선에 민감하신 분입니다. 그러한 분으로 자라나도록 제가 손을 썼습니다. 그래야만 안주인님이 더욱 더 행복해지실 수 있기 때문입니다."

역시 이 녀석은…….

"지금 잡생각을 하실 때입니까."

나는 세희의 이야기에 집중했다.

"새언니와 같은 괴물을 제외하면, 보통 인간은 타인의 시선을 통해 자기 자신이 어떤 인간인지 알게 됩니다. 그를 통해 자신이 어떤 인간인지 정의 내립니다. 그리고 주인님께서는 그 어떠한 분보다 그런 경향이 크신 분입니다."

세희는 한 번 뜸을 들이고 말했다.

"치이 님에게는 사랑하는 오라버니. 페이 님께는 사랑하는 친구의 사랑하는 오빠. 아야 님에게는 사랑하는 아버지 겸 애인. 바둑이에게는 애견 주인. 그리고 안주인님에게는 사랑하는 지아비. 주인님께서는 자신이 어떤 식으로 여겨지는가에 대해 따라 행동하셨습니다."

세희의 말이 내 가슴을 꿰뚫는다.

"그렇기에 제가 주인님을 어떤 식으로 부르냐에 따라, 그때마다 마음속으로든 말을 통해서든 그것에 대한 이야기를 해왔습니다. 지금까지, 계속해서."

"그, 그랬냐? 안 그랬던 때도 있을 수 있잖……."

"하지만."

세희의 무거운 음색에 내 입술이 무거워졌다.

"지금은 어떠십니까."

세희가 노려보았다.

"지금은 어떠십니까."

세희의 시선을 받을 수가 없다.

"지금은 어떠십니까."

세희의 말소리만이 귀에 들린다.

"지금 주인님께서는

어? 내가 지금 뭘 하고 있었지?

조금 전까지 세희가 있었던 것 같은데, 언제 나갔데?

……내가 며칠간 제대로 밥도 못 먹고 고생했더니 헛것이 보인 건가. 아니면 이 녀석이 또 뭔가 장난을 치듯, 순식간에 뿅! 하고 사라진 걸지도 모르겠지. 어쨌든 그 녀석이 나에게 해가 될 만한 짓을 할 리는 없으니까 괜찮겠지.

나는 그렇게 생각하며 한숨을 돌리려다……

이상하게 오한이 드는 걸 느꼈다. 왜 이러지? 세희가 날 잡아먹을 듯 노려봐서 그랬나?

등골까지 으스스해서 몸을 부르르 떨고 있자니 문이 열리고 아야가 들어왔다.

자연스레 내 눈이 가늘어졌다.

"키이잉?"

아야는 나를 보고는 이상하다는 듯이 말했다.

"왜, 왜 그래, 아빠?"

"아니, 아니다."

……조금 전에 있었던 일 때문에 이 녀석이 진짜 아야인지, 아니면 세희의 역습인지, 돌고 도는 이야기인지 의심했을 뿐이니까. 그보다 중요한 건 아마도 내가 걱정돼서 왔을 아야에게 무슨 말을 해야 치이나 페이 같은 일이 일어나지 않을까에 대한 것이다.

그렇다면……. 선수를 칠까!

"걱정돼서 온 거야?"

"키이이잉……."

아야가 고개를 푹 숙이며 겨우 들릴 목소리로 말했다.

"이래서 나중에 오는 게 싫었던 거야……. 가위바위보만 이겼어도……."

그, 그러냐. 순서는 가위바위보로 정했던 거였냐. 너희들은 정말 민주적이고 평화적인 방법으로 모든 걸 정하는군.

나는 아야가 실망한 걸 눈치채지 못한 척을 하며, 내 옆을 툭툭 두드리며 말했다.

"거기 서 있지 말고 와서 앉아."

"응."

아야는 고개를 끄덕이고 내 옆에 앉은 뒤, 아까와 같이 자신의 꼬리로 내 허리를 감싸 안았다.

"따듯하지, 아빠?"

"응."

……복대를 두른 느낌이 드는 건 넘어가자. 포근한 느낌이 마음까지 따듯하게 해 주니까. 그런 내 어깨에 아야가 슬쩍 고개를 기대어 왔다. 나는 조용히 가만히 앉은 채 아야의 어리광을 들어주었다.

그렇게 시간이 지나고, 슬슬 어깨가 무겁다고 생각하게 될 때쯤.

"아빠는 잘못 없는 거 알지?"

아야가 말을 걸어왔다.

"아빠는 끙끙 앓는 나도 낫게 해 줬고, 나하고 그 밥보하고 사이도 좋게 해 줬고, 요괴의 왕도 됐고, 정말 힘든 상황에서도 포기하지 않고 열심히 해 왔잖아?"

부끄럽게 왜 이런데. 하지만 내 허리춤에서 따듯한 온기가 올라오는 걸 보니, 아야가 나보다 더 부끄러워하는 것 같다. 티 내지 말고 듣기만 하자.

"펴, 평소에는 내, 내가 막 말해서…… 모, 모를 수도 있지만……."

아야야, 그래도 조금 진정해 주지 않겠니. 허리에서 불나겠다.

"난 그런 아빠를 조, 좋아하는걸!"

아야가 부끄러움과 강한 확신이 감도는 자주색 눈동자로 나를 바라보았다. 지금 내 입가에는 아마 흐뭇한 아빠 미소가 걸려 있을 거다.

그것에 힘이라도 얻었는지 아야가 미소를 짓고서는 고개를 돌리며 두 주먹을 불끈 쥐었다.

"키히힝! 그래! 우리 아빠는 잘못한 거 없어! 그 곰탱이가 나쁜 거야!"

그 말은 정정해 줘야겠지.

"그건 아니야, 아야야."

아야가 움찔 몸을 떤 뒤, 고개를 가로저으며 뭔가 말을 하려고 했다. 하지만 무슨 말을 하고 싶어 하는지 알 것 같기에 나는 기다리지 않았다.

"나도 알아. 무슨 말을 하고 싶은지. 하지만 아야야."

나는 아야의 머리를 쓰다듬으며 말했다.

"나도 나래도 아무런 잘못이 없어."

우리 둘 다 잘못한 것은 없다. 나는 겨우 찾은 행복을 조금이라도 더 느끼고 싶었고 그런 나를 나래는 받아 주지 못했을 뿐이다.

그저 바라는 것이 달랐기에 헤어지게 된 것뿐이다. 누가 잘하고 누가 잘못했느냐, 이런 이야기가 나올 이유도 없다.

나래는 잘못한 게 없다.

나도 잘못한 게 없다.

그저 맞지 않았을 뿐이다. 그저, 그뿐인 이야기다.

그리고 내 이야기를 모두 들은 아야는 어딘가 씁쓸한 표정으로 입을 열었다.

"……이런 상황에서도 아빠는 그 나쁜 곰탱이 생각뿐이네."

아야가 자리에서 일어났다. 조금 더 있어도 괜찮다는 말을 하고 싶었지만 아야는 기운 없이 늘어져 있는 꼬리로 내 입을 다물게 만들었다.

"자기 합리화는 아빠한테 어울리지 않지만……. 지금은 어쩔 수 없나."

아야는 혼잣말을 하듯 중얼거렸지만 요즘 들어 퍼뜩 좋아진 내 귀에는 그 소리가 들렸다. 하지만 이럴 때는 모르는 척해 주는 거지.

"킁! 기분 상했어, 이 바람둥이야. 나 갈 거야."

아야가 방문으로 나가다 말고 이쪽을 향해 고개만 돌리고서 쏘아 내듯 말했다.

"크흥, 그렇다고 질투 같은 건 하는 거 아니니까!"

설득력 없는 소리를 한 아야가 방에서 나가자, 나는 갑자기 온기가 그리워졌다.

춥네.

나는 이불 속에 몸을 파묻었다.

나를 찾아온 아이는 아야가 마지막이었다.

그 후.

나는 하루 종일. 점심을 먹고 저녁을 먹을 때를 제외하면 하루 종일 이불에 등을 기댄 채 게임을 즐겼다. 다른 아이들은 식사 때만 보게 되었는데, 평소와 다름없이 달라붙는 아야와 조용히 앉아 밥만 먹는 페이, 내 눈치를 살살 살피면서 시선이라도 마주치면 웃는 얼굴을 보이던 치이도 신경이 쓰였지만…….

가장 많이 눈에 들어온 건 평소의 기운은 어디로 갔는지 추욱~ 처져서는 깨작깨작 밥만 먹고 있는 랑이였다. 뭐라고 말이라도 걸어 보려고 했지만 양옆에 앉아 있는 냥이와 세희가 눈을 부라리는 것으로 내 입은 음식으로 채워졌다.

그렇게 해가 지고 밤이 찾아왔다.

이제 잘 준비를 해야겠군. 나는 이불을 깔고 잠옷으로 갈아입고서 불을 껐다.

밤하늘에 빛나고 있는 달빛이 창호지 문을 아련하게 비춘다. 덕분에 아직 어둠에 익숙해지지 않은 눈으로도 이불 속에 들어가는 건 힘들지 않았다.

나는 이불 속에서 눈을 감았다.

그리고.

'사랑했어.'

나도 모르게 마음의 자물쇠가 풀려 버렸다.

정신이 들고 보니 나는 엎드린 채로 이불에 머리를 박고 흐느끼고 있었다.

"흐억, 끄어억……."

슬프다. 슬프다 못해 아프다.

"으읍……."

우는 소리가 새어 나오지 않기 위해 손가락을 입에 문다. 이가 파고들어 아프지만 다른 곳이 더 아프다.

그래서 웃어 보았다.

"키히히히히히히히히힛!!"

이불 속에 누워서 몸을 들썩이고 킬킬대며 웃었다. 그 웃음이 듣기 싫어서 바닥에 머리를 박았다.

아…….

역시 안 된다.

안 된다.

무리였다. 여기까지가 한계다.

평소처럼 행동하는 건 무리다. 무리였다.

나를 누구보다도 잘 알고 있는 아이들이다. 모두 눈치챘다. 나는 아무도 속일 수 없었다.

내 썩어 빠진 연기력으로는 그 누구도 속일 수 없었다.

나는 지금까지 쌓아 왔던 내 일상을 부정하고 싶지 않다. 내 일상의 기초가 되어 주었던 소중한 소꿉친구가 떠났다는 사실에 마음이 찢어질 정도로 아파서, 현실에서 도망쳐 평소의 나처럼 행동하려고 했지만.

무리였다.

무리였다.

나래가 나를 떠나지 말았으면 한다.

나래를 다시 데려오고 싶다.

나래를 다시 만나고 싶다.

나래와 다시 이야기하고 싶다.

나래의 불만을 풀어 주고 싶다.

나래와 같이 있고 싶다.

이런 현실을 인정하고 싶지 않다.

그래서 나는 가슴을 내리쳤다. 누군가 대신 해 주었다면 좋겠지만 내 주위에 그럴 만한 아이들은 없다. 모두 너무나 상냥한 아이들이니까. 나를 위해 주는 아이들뿐이니까.

그렇기에 스스로 심장이 멈추기라도 한 것처럼, 심장이 멈추기를 기대하듯이 계속해서 내리쳤다.

스스로 자기 자신을 질책하듯이.

그리고, 딸깍.

마음속에서 자물쇠 잠기는 소리가 들린다.

거짓말같이 마음이 편안해졌다.

아무도 잘못하지 않았다. 그저 이건 정해진 수순이다.

"그렇지? 나래야."

나는 더 이상 내 곁에 없는 소꿉친구에게 말을 걸고 눈을 감았다.

"키키키키키키키키키키키키키키킥."

차가운 볼의 감촉이 그리 나쁘지 않다.

* * *

어제 자기 전에는 지랄 발광을 떨다가 잠든 탓에 퉁퉁 부어올랐어야 하는 얼굴을 손으로 만져 보니 매끈매끈하다.

이게 무슨 일이지. 또 요술인가…… 하고 생각하고 있자니 옆에 갈색의 무언가가 눈에 들어왔다.

바둑이다.

바둑이는 날이 추워졌는데도 이불 한 장 덮지 않고 몸을 웅크리고서 쿠울~ 잘도 자고 있다.

음……. 그렇다면 퉁퉁 부은 내 얼굴을 바둑이가 핥아서 낫게 해 준 건가? 그런 생각을 하며 볼을 만진 손의 냄새를

맡아 본다.

……아무리 날 치료해 줬다고 해도, 사실은 사실대로 말해야겠지. 바둑이의 침 냄새가 조금 난다. 그래도 고마운 건 고마운 거지. 나는 답례의 뜻으로 이불을 바둑이의 위에 덮어 주고서 밖으로 나갔다.

차가운 가을 아침 공기가 기분 좋다.

"으다다다닷!!"

하늘을 향해 기운차게 기지개를 편 나는, 씻기 위해서 대청마루를 지나며 욕실로…….

……응?

잠깐만.

나는 눈을 비비고 하늘을 보았다.

"헐."

내가 잘못 본 게 아니었다. 정말로 잘못 본 게 아니었다. 서울 상공에 용이 날아다니는 것까지 본 내가 놀랄 만한 일이 있었다.

그 사람은 하늘에 떠 있는 상태로 이곳을 내려다보며 고개를 갸웃거리며 곤란해하면서 무언가를 말하고 있었다.

이상하게도 그 사람과 멀리 떨어져 있음에도 불구하고 그 목소리가 여기까지 들리는 것 같았다.

"결계…… 예, 결계로군요. 처음 봤네요. 부수는 건 쉽지만, 그러면 성훈이 싫어하겠죠?"

그건 내가 죽을 때까지 다시 볼 수 없을 거라고 생각한 사람.

나에게 선택해야 하는 사랑 또한 존재한다는 것을 가르쳐 준 사람.

성의 누나였다.

"누나아아아아아아아아아앗?!"

깜짝 놀라 새벽을 맞이하는 닭처럼 소리를 시르고 말았다.

"아."

그러는 사이 성의 누나가 나를 눈치챈 것 같다. 나를 향한 시선이 뜨거워지는 것을 볼 수 있었다.

나는 그 시선이 마치 동굴 속에서 100일 동안 쑥과 마늘만 먹다가 밖으로 나와 고기반찬을 눈앞에 둔 호랑이의 그것으로 보였다.

"성훈!!"

조금 전까지 결계가 뭐니 어쩌니 하면서 고민하던 모습은 도대체 어디로 갔는지, 성의 누나는 그대로 하늘에서 나를 향해 낙하했다. 중간에 뭔가 성의 누나를 막으며 파지직거리는 막 같은 것이 보인다. 아마, 세희가 쳐 놓은 결계가 아닐까.

"자, 잠깐만, 누나. 세희한테……."

급히 몸을 돌려 세희를 부르려는데.

"방해예요."

성의 누나는 그렇게 말하고서는 막에 손가락을 튕겼다. 그것만으로 투명한 막은 산산조각이 나 버렸다.

"헐."

역시 견우성의 의지구나. 장난이 아니잖아.

하지만 나에게 지금 그런 걸 신경 쓸 여유 같은 건 없었다.

"성훈. 보고 싶었어요."

어느새 다가온 성의 누나가 나를 꽈악 끌어안았으니까.

어, 어, 어…….

성의 누나에 대한 것은 생각도 하지 못했기 때문에 나는 일순간 당황하고 말았다. 그러는 사이에도 성의 누나는 내 몸을 두 팔로 끌어안고 따스한 온기를 전해 주고 있다. 그 온기에 나는 무엇인가 녹아내리는 것을 느꼈다.

안 돼.

나는 정신을 바짝 차리고서 성의 누나를 밀치기 위해서 두 팔을 들어 어깨에…….

"성훈은 제가 보고 싶지 않았나요?"

성의 누나의 몸에 내 손이 닿기 전에 누나의 목소리가 먼저 내 귀에 닿았다.

내 손이 멈추고 혀가 움직였다.

"그, 그보다 어떻게 왔어요?"

하지만 이 상태로 있을 수는 없다. 나는 일단 냉정해지기 위해 일단 성의 누나의 어깨를 잡고 뒤로 밀쳤다.

움직이지 않았다.

꿈쩍도 하지 않는다.

사람이 마음만 먹으면 태산조차 움직일 수 있다 하지만 상대는 별이었다.

"오랜만에 봤는데 그런 말부터 하는 건가요?"

성의 누나가 살짝 삐친 것 같은 목소리로 말했다. 아니, 지금 지구에 항성 알타이르라고 할 수 있는 누나가 왔는데 지금 그것부터 물어봐야지. 견우성에서 떠날 수 없는 거 아니었어? 견우성은 어떻게 된 거야? 설마 누나 따라 지구로 날아오는 건 아니겠지?

"제게 사랑을 속삭여 주지 않는 건가요?"

"아니, 아니, 아니, 아니, 지금 그럴 상황이에요?"

"그런 상황이에요. 우리가 얼마 만에 만났는지 알고나 있나요?"

"일단 좀 떨어지고 나서 이야기를……."

"싫어요. 그보다 제게 입 맞춰 주세요, 성훈."

이 누나는 왜 이렇게 애정 표현이 솔직해졌어?!

"제 말 좀 들어요!"

"사랑한다고 속삭여 주기 전에는 아무것도 가르쳐 주지 않을 거예요."

"아니, 그러니까!!"

"설마……."

성의 누나가 몸을 움찔 떠는 게 몸을 통해 전해진다. 누나가 한쪽 손을 풀고서 메모장을 하나 손에 들고서는 말했다.

"그러니까…… 이럴 때는…… 아, 맞다. 갱년기. 예, 갱년기가 온 건가요?"

"갱년기가 아니라 권태기겠지!"

그 전에 내가 왜 갱년기가 와?! 그리고 그 책은 어디다 두고 메모장이야?!……라고 생각하고 있을 때. 나는 이미 하늘을 날고 있었다.

이야, 이것도 오랜만인 것 같은 기분이네. 다른 것이 있다면 이번에 하늘에서 나를 잡아챈 것은 성의 누나가 아닌 랑이였다는 것이다.

지금 막 일어났는지 눈도 반쯤 잠긴 채고 머리카락도 헝클어져 있는 상태로 와이셔츠 한 장만 입고서 나를 안아 든 모습이 꽤나 귀엽다.

"결계가 깨지는 느낌에 깜짝 놀라 일어났더니 이게 도대체 무슨 일이느냐."

나는 랑이의 질문에 대답할 수 없었다. 아는 게 하나도 없으니까.

"깜짝 놀랐잖아요, 성훈. 제가 그렇게 큰 소리 내지 말라고 말했던 것 기억 안 나나요?"

나 대신 대답해 줄 사람이 하늘에 나타났다. 랑이는 성의 누나를 본 다음에…….

눈빛이 변했다.

"너는?!"

"누구죠?"

서로 다른 말을 했음에도 이어지는 게 신기하다고 생각하면서 나는 랑이와 함께 땅에 내려왔다.

두 발이 땅에 닿았음에도 나는 그다지 마음이 진정되지 않았다. 그건 서로를 탐색하듯 노려보는 랑이와 성의 누나 때문일 것이다. 둘의 분위기는 그다지 좋아 보이지 않았다. 특히 랑이는 온몸의 털을 부풀리고서는 나를 자신의 뒤에 숨긴 채로 으르렁거렸다.

……키 차이 때문에 가린다고 가려지지는 않지만.

"……가벼이 볼 만한 것이 아니로구나."

그야 그렇겠지. 별이니까. 너보다 무거울 거다.

"조심하지 않으면 강제…… 강제……."

성의 누나는 힐끗 메모장을 훔쳐본 다음 말했다.

"귀환. 예. 강제 귀환당할 것처럼 강해 보이네요."

이상한 긴장감이 오간다. 이대로 놔두면 세기의 대격돌이 일어날 것 같아서 나는 둘을 말리기로 했다.

"성훈."

그보다 먼저, 성의 누나가 내게 팔짱을 껴 왔다.

"저 아이가 누구인지 설명해 주겠어요?"

거기에 지지 않겠다는 듯, 랑이가 폴짝 뛰어서는 내 허리에 팔을 두르고 매달렸다.

"그러하느니라! 누구인지 꼭 들어야겠느니라!"

랑이의 행동에 자극을 받았는지 성의 누나가 자신의 풍만한 가슴에 내 팔이 끼어들어 갈 정도로 몸을 들이민다. 그에 지지 않으려는지 랑이도 눈을 번쩍이고서 자신의 앙증맞은 가슴을…….

슬퍼지니까 그만할까.

지금 중요한 것은 성의 누나의 행동이 내게 있어 중대한 변화를 이끌어 내고 있다는 것이다.

신체적인 변화 말이야.

가뜩이나 아침이라 힘든데.

“소개해 줄 테니까 일단 이것 좀 놓고 나서 이야기하자. 응? 성의 누나도요.”

나는 지금 상황에서 가장 적절한 이야기를 하고 상황을 바꾸려고 했다.

아니, 바꾸려고 했다.

“왜 그래야 하는 건가요.”

성의 누나는 팔짱을 풀지 않았다.

“아니, 그러니까…….”

성의 누나의 성격상, 이런 상황에서 이야기를 계속 하는 건 좀 그렇다, 같은 말을 해서는 또다시 왜죠, 같은 질문이 날아올 것이라는 것을 알고 있다. 그렇기에 나는 부끄럽지만 확실하게 이야기했다.

“곤란하잖아요.”

죄송합니다. 확실하게 이야기할 수 없었습니다.

내 말을 이해했는지 성의 누나가 팔짱을 풀었다. 그래서 랑이에게 고개를 돌려 이만 내려오라고 말하려는 순간.

“왜죠?”

저 말을 하는 걸 보니 이해 못했구나!

성의 누나가 내 얼굴을 두 손으로 잡고 자신을 향해 고정시켰다.

"왜 곤란한가요, 성훈. 우리 둘은 서로의 사랑을 확인한 사이 아니었나요?"

고개를 돌리려고 해도 그럴 수 없었다. 성의 누나는 절대로 나를 놓아주지 않을 기세로 똑바로 내 눈을 바라보고 있다.

위험하다.

성의 누나는 위험해.

그때. 의외인 곳에서 도움이 들어왔다.

"으냐앗!!"

성의 누나에게 질투라도 하는지 랑이가 손을 뻗어 내 고개를 돌린 거다.

"으걱?!"

억지로.

방금 목에서 우두둑 소리 났어!

"성훈이랑은 내가 먼저 사랑을 확인했느니라!"

지금 상황에 먼저고 나중이고 그건 상관없잖아! 랑이고 성의 누나고 부끄럽지도 않은 건가? 이런 생각이 머릿속에서 요동치며 입으로 나오려고 했지만 말할 수 없었다.

"그래요. 맞는 말이에요. 당신…… 그러니까 랑이가 성훈과 먼저 만난 건 사실이니까요."

"우헤헤헤헷, 그러하느냐? 알고 보니 너는 좋은 아해로구나."

랑이가 기뻐하면서도 쑥스러워한다. 그 모습에 어제 보았던 그림자는 이미 없다.

오해하면 곤란하다. 단순히 랑이는 자다 깨서 그런 거니까. 즉, 지금은 거의 본능적으로 행동하고 있다는 말이다. 잠이 다 깨고 나에 대한 일이 떠오르면 다시 또 침울해질걸?

하지만 지금은 그런 미래의 일을 걱정할 때가 아니었다.

"그러니까 성훈, 왜 곤란한지 이야기해 주세요."

성의 누나는 물러날 생각이 없는 것 같았으니까.

"당신의 입으로."

"……알았어."

나는 한숨을 쉬고 사실을 있는 그대로 말했다.

도망치지 말자. 도망치면 안 돼. 사실을 있는 그대로 말하지 않으면 끝나지 않는 호기심의 무한 나선에 휘말리고 말 거다.

어차피 성의 누나에게는 견우성에서 같이 지내면서 별의별 꼴을 다 보여 준 사이잖아?

할 수 있다. 난 할 수 있어!

나는 용기를 내서 말했다.

"아침이라서 힘들단 말이야."

……다시 말씀드리지만, 죄송합니다. 하지만 어쩔 수 없잖아!

성의 누나에게, 혼자 사는 남자가 자신의 몸을 통해서 즐길 수 있는 놀이를 하기 위해서 반드시 필요한 신체 부위가 자신의 존재 의의를 드러내고 싶어 해서 곤란합니다! 라고 말할 수 있겠냐?!

하지만 그렇게 말하는 게 좋았을지도 모르겠다. 성의 누나가 이해를 못한 것 같으니까.

"그게 무슨……."

내게 구국의 결정을 요구할, 질문을 말하려던 성의 누나는 말을 멈추고, 자신이 들고 있던 메모장을 본 뒤.

"……아."

얼굴을 새빨갛게 물들였다.

이해했구나.

"그, 그렇군요. 성훈은 지금 저 때문에 발……"

"발이 아프니까 들어가서 이야기할까요?!"

나는 재빠르게 성의 누나의 말을 가로챘다. 위, 위험했어. 정말 위험했다고.

나는 성의 누나가 애써 무마한 화제를 다시 꺼낼지 모른다는 공포에 재빠르게 말을 이었다.

"그래요! 제대로 소개도 해 줘야 하고요!"

다행인 것은, 마당에서 일어난 소동에 아이들이 깨어나 각자의 방문을 열고 이쪽을 향해 뜨거운 관심의 시선을 보내고 있다는 사실이다.

"그래요, 성훈."

그리고 나는 랑이가 아무 말도 없던 것이 내 허리에 매달린 채 자고 있었다는 사실을 깨달았다.

……성의 누나의 말에 만족하고 그대로 곯아떨어진 것 같다.

아침 식사를 준비하는 세희를 제외한 아이들이 안방에 모였다. 나는 간단하게 아이들에게 성의 누나에 대해 먼저 소개해 줬다.

"이쪽은 성의 누나. 견우성의 의지로……."

도대체 뭐라고 설명해야 하는 건가. 그런 생각을 하고 있을 때 성의 누나가 말했다.

"성훈과 서로 사랑하는 사이예요."

나는 반사적으로 몸을 움츠렸다. 하지민 이내 이제는 그럴 필요가 없다는 것을 깨달았다.

마음에서 끼릭 하는 이상한 소리가 들린다.

하지만 이내 나는 이쪽을 마치 남편의 컴퓨터 안에 숨겨진 즐거운 영상을 찾아낸 아내의 시선으로 보고 있는 아이들에게, 이미 알고 있으면서도 나를 그렇게 보는 치이와 페이에게까지, 가슴을 펴며 말해야 했다.

"그러니까…… 전에 견우성에 지낼 때…… 서로 좋아하게 됐어."

내가 생각해도 참 성의 없는 성의 누나에 대한 소개였다.

하지만 아이들은 그런 것에 신경 쓰지 않는 눈치였다. 하긴, 그런 걸 문제로 삼았다면 이미 옛날에 우리 집이 풍비박산이 났겠지.

……하, 하하하.

내가 말하고도 씁쓸하군.

"그러면 이분들은……."

성의 누나가 메모장을 뒤적이다가 말을 이었다.

"성훈의 본처와 첩들이로군요?"

참으로 막 나가는 말을 하고 있지만 거기에 딴죽을 날릴 사람은 이제 더 이상 없다.

"누, 누가 그렇다는 것이느냐?!"

아, 딱 한 놈 있었다.

"당신은 아닌가요?"

냥이는 꼬리를 쭈욱 세우고 꼬리털을 있는 힘껏 부풀리고서는 성의 누나에게 따졌다.

"대답할 가치도 없는 질문이니라! 그보다! 네 녀석은 분명 견우성의 의지일 터! 자기 별에나 처박혀 있을 것이지 왜 이곳까지 온 것이느냐?"

내가 하고 싶었던 말을 대신 해 주는군.

냥이의 질문에 성의 누나는 나를 향해 고개를 돌리며 말했다.

"성훈이 아프다는 말에 왔어요."

……예?

당황한 건 나뿐만이 아니었다. 방 안에 있는 아이들이 모두 그게 무슨 소리냐고 묻고 싶은 눈치다.

그리고 그 암묵적인 질문에 답한 것은 성의 누나가 아니었다.

"제가 부탁했습니다."

세희였다.

자신에게 집중된 시선에 세희는 낮게 한숨을 쉬고서는 말했다.

"현실에서 도망쳐 버린 제 주인님이 되돌아올 수 있게 도와주실 분은 성의 님밖에 없을 것 같아서 말이죠."

"아우우우? 그게 무슨 말인가요?"

치이가 귀 위 머리카락을 파닥이며 물었지만 세희는 입을 다물었다. 세희가 대답해 줄 생각이 없다는 걸 알았는지 치이는 성의 누나에게 시선을 돌렸다. 성의 누나가 다시 입을 열었다.

"그래요. 세희의 이야기를 듣고 한걸음에 달려왔어요."

그 한걸음이라는 게 광속을 뛰어넘는구나. 내가 이렇게 얼빠진 생각을 하고 있을 때 성의 누나가 허리를 곧게 펴고 우리들을 향해 폭탄을 던졌다.

"그런 이유로 한동안 성훈을 데리고 가겠어요."

그 말에는 다른 사람의 사정 같은 건 봐주지 않겠다는 압도적인 무게가 실려 있었다. 그뿐만이 아니라 나라도 알 수 있는 기운이 성의 누나에게서 물씬물씬 풍겨나고 있어서, 그 누구도 함부로 입을 열지 못하고 있다.

아무리 나라고 해도 반론은 용납 못한다는 의지가 느껴진다.

인간의 모습을 하고 있다 해도, 그 실체는 하나의 항성.

"……누구 마음대로 말이느냐."

하지만 랑이는 입을 열었다. 그것도 상당히 적의에 가득 찬 목소리로.

"지금 성훈이가 평소와 조금 다르다 한들, 그래도 성훈이는 나의 것이니라. 함부로 네가 데려간다 만다 결정할 사항이 아니니라. 지금 누구 앞에서 입을 열고 헛소리를 지껄이는 것이느냐."

으르렁거리는 소리가 들리는 것 같은 착각이 들린다. 등 뒤로 난폭한 호랑이가 사냥을 준비하는 환영까지 보인다.

평소의 모습과는 전혀 다른 분위기.

그건 아마도 내가 지금, 랑이가 보기에는 별로 좋지 않은 상황이기 때문이겠지.

랑이가 진심으로 적의를 드러내자 순식간에 방 안의 분위기가 달라졌다. 간단하게 예를 들어 말하면, 바둑이가 방구석으로 도망친 뒤 몸을 웅크리고 고개를 숙인 채 덜덜덜 떨고 있다. 저건 낫지. 치이와 페이는 그대로 뒤로 넘어지며 기절해 버렸으니까.

그렇지 않은 애들은 아야와 냥이와 세희뿐. 냥이와 세희는 그러려니 했지만, 아야는 조금 의외였다. 그래도 어린아이의 모습으로 버티는 건 무리였는지 목걸이를 벗어 버렸지만.

아, 그리고 뭔가 다른 창귀도 힘겹게 버티고 있는 것 같지만 넘어가자.

"안주인님. 이 방법이 최선입니다. **무슨 수를 써도 결국 성의 님의 손을 빌려야 될 것입니다.** 그렇다면 조금이라도 빠르게……."

계속해서 적의를 불태우는 랑이를 세희가 설득하려고 했지만.

"입 다물거라."

랑이는 거부했다.

"네놈이 하는 행동이 나와 내 낭군님을 위해 가장 좋은 행동이라는 것을 알고는 있지만, 머리로는 이해하지만 마음으로는 용납하지 못하겠느니라."

엣헴! 우리 랑이가 평소에는 귀엽기만 하지만 한번 마음만 먹으면 이렇게 멋있는 아이라고!

그런데 이런 상황에서 딸의 성장을 기뻐하는 아버지의 마음 같은 거나 느끼고 있어서는 안 될 것 같은데 말이야.

"하지만……."

"이놈!"

랑이가 호통을 쳤다.

"이런 중대한 일을 혼자서 결정하고서 할 말이 있다, 이 말이냐?! 네놈의 오만함이 도를 넘었구나!! 다른 때라면 모를까! 지금의 성훈을 다른 이에게 맡기라는 말을 하고도 나의 진노를 사지 않을 거라 생각했느냐!"

그리고 랑이가 숨을 크게 들이마시고 내뱉었다.

오랜만에 듣는 랑이의 포효였다.

"키이이잉!! 좀 진정해, 이 다혈질아!!"

아야가 귀를 막고는 덜덜덜 떨며 소리를 질러 보지만 그럼에도 랑이는 기세를 멈추지 않았다. 말 그대로 호랑이가 성벽을 넘는 기세다.

"지금 진정하게 생겼느냐! 아야야! 너도 입이 있으면 말해 보거라! 지금 내 낭군님이, 네가 연모하는 님이 괜찮아 보이느냐?! 지금 누구보다 성훈에게 필요한 것은 우리들이니라! 그런데 처음 보는 것에게 우리의 낭군님을 맡기겠다는데 가만히 있을 수 있겠느냐!"

"이야기는 다 듣고 화내란 말이라고, 이 성급아!!"

"들을 필요도……."

"아니, 듣거라."

"아얏!"

냥이가 언제 입에 물었는지 모를 담뱃대로 랑이의 머리를 때렸다. 조금 전까지 세상 모든 걸 할퀴어 갈기갈기 찢어 버릴 기세였던 랑이가 두 손으로 머리를 감싸며 억울한 듯 냥이를 보며 말했다.

"때, 때렸다? 검둥이가 날 때렸다?"

"이 멍청한 동생아. 지금 네가 무슨 짓을 했는지 주위를 둘러보거라."

평소의 냥이답지 않은, 아니, 언니다운 말에 랑이는 주위를 둘러보았다. 치이와 페이는 기절해 있고, 아야는 어른의 모습이 되었음에도 안색이 새하얗게 질려 있고, 바둑이는 구석에 처박혀서 벌벌 떨고 있고, 세희의 안색은 새파랗고, 가희는 식은땀을 줄줄 흘리고 있다. 성의 누나조차 경계심을 가진 채 랑이를 보고 있다.

나? 나야 태평하지.

"하…… 하지만……."

냥이의 말에 랑이의 기세가 한풀 꺾였다.

"쯧쯧. 그러니까 흰둥이가 그 나이가 되도록 아직도 애인 것이니라. 그래 가지고 언제 이 언니가 너를 안심하고 내 시야에서 놓아주겠느냐."

"그러는 검둥이도 아직 아이가 아니느냐?!"

"그건 내가……. 아니, 됐다. 지금은 그런 이야기를 할 때가 아닐 터."

냥이는 한숨을 쉬고 성의 누나에게 시선을 돌렸다.

"그보다 묻고 싶구나. 무슨 생각으로 그런 말을 했는지. 저 방바닥에 달라붙어 지워지지 않는 얼룩같이 된 녀석이라고 해도, 내 동생의 연인이다. 정당한 이유가 없다면, 이곳에서 살아 돌아가지 못할 것이니라."

"이상하네요."

성의 누나는 그렇게 운을 띄웠다.

"성훈이 이렇게 되기까지 내버려 둔 건 당신들의…… 책임. 예, 책임 아닌가요?"

정적이 자리를 차지한 가운데 성의 누나가 계속해서 말했다.

"그래요. 당신들의 책임이에요. 그런데 왜 제가 데려간다고 하니까 화를 내는 거죠?"

아니, 다시 한 번 폭탄을 던졌다고 해야 하나.

"뭣이라?!"

랑이가 벌떡 일어나면서 소리를 질렀지만 성의 누나는 성의 누나다. 어떤 의미로는 세희보다 마이 페이스의 달인이지.

"전 성훈이, 마음에 상처를 입고 마음이 텅 비워져 버렸다고 해서 제 소중한 아이들을 잠시 제 첫 번째 아이에게 맡겨 두면서까지 왔어요. 그리고 이곳에 와서 성훈을 보니……."

성의 누나는 나를 보았다. 무슨 생각인지 알 것 같기에 나는 고개를 갸웃거리며 왜 그러냐는 뜻이 가득 담긴 미소를 지었다. 성의 누나의 표정이 슬픔에 가득 찼다.

"불쌍하게도……."

"잠깐, 잠깐!! 뭐예요, 그 반응은?!"

"괜찮아요, 성훈. 제가 낫게 해 줄게요. 견우들 중에서 비슷한 증상을 본 적이 있고, 낫게 한 적도 있는걸요. 확신만 생기면, 조금 아프겠지만 치료는 금방 끝날 거예요."

"아니, 지금 그게 아니잖아요!"

나는 그저 미소 지었을 뿐인데! 왜 병자 취급을 받아야 하지?

하지만 성의 누나는 내 말을 무시하고 고개를 돌려 아이들을 향해 말했다.

"그리고 저는 제 사랑하는 사람이 아파하는데 가만히 있을 생각이 없어요."

"그건 우리도 마찬가지이니라!"

랑이의 말에.

"우리도 성훈이를 위해 애쓰고 있단 말이다!"

자기 자신에게 하는 변명같이 들릴 법도 한 랑이의 말에.

"애쓰고 있다?"

나는 처음으로 성의 누나가 진심으로 화를 내면 어떻게 되는지 알 수 있었다.

"당신들이 애쓰고 있다고요?"

첫 번째. 목소리가 낮아진다.

"그래서 뭘 했는데요?"

두 번째. 기운이 싸늘하게 변한다.

"그동안 뭘 했는지 말해 볼까요?"

세 번째. 태도가 거칠게 변한다.

"무엇보다 당신은 두려워서 손도 내밀지 못하고 있다고 들었는데요?"

네 번째. 색이 변한다.

성의 누나의 녹색 머리카락이 새하얗게 변했다. 그뿐만이 아니라 몸 주위에서 한기가 풀풀 날리는 것만으로 모자라 갑자기 방 안에서 눈보라가 일어났다. 성에가 끼고 가구가 얼어붙는다.

그럼에도 성의 누나가 신경을 써 줬는지 나만은 그 안에서 포근한 느낌만이 들고 있다.

다시 말해, 랑이는 지금 눈보라를 맞아 가면서 외쳤다는 말이 된다.

"하지만! 어쩔 수 없었느니라! 성훈이가……."

"변명인가요?"

방 안의 모든 것이 얼어붙었다. 랑이는 성의 누나의 말에 할 말을 잃었는지 입을 다물고 손가락을 입술에 대고 고개를 숙였다. 평소 랑이를 봐 온 경험으로는 지금 저 녀석이 열심히 뭔가 생각 중이라는 것을 알 수 있었다.

성의 누나는 신경 쓰지 않고 계속 할 말을 했지만.

"그게 당신들의 한계라는 걸 인정하세요."

그 때. 랑이가 입을 다문 이상 아무도 말을 꺼내지 못할 거라고 생각한 그 때.

"더 이상 못 듣고 있겠네, 이 돌덩아."

붉은 불꽃이 방 안을 가득 채웠다.

얼음은 녹아내리는 것과 동시에 수증기가 되었고, 수증기는 불길에 삼켜져 흔적조차 남지 않았다.

돌조차 녹일 수 있을 것 같은 붉은 불꽃을 한 손으로 휘어잡고서 사그라뜨린 것과 동시에 모습을 드러낸 것은, 아야였다.

아야는 안 그래도 날카로운 눈썹을 더욱 곧추세우고 잔뜩 화가 난 목소리로 말했다.

"자기 멋대로 말하지 말래, 이 돌덩아?"

"돌덩이? 제가 돌덩이라는 건가요?"

"그래, 이 돌덩아. 너, 별이잖아. 그러면 돌덩이 맞잖아?"

성의 누나는 고개를 가로저었다.

"저는 견우성의 의지예요. 별이 아니라요."

"알 게 뭐야, 이 고지식아."

성의 누나는 아야의 말에 나를 향해 고개를 돌렸다.

"저 아이의 말은 이해하기 힘드네요. 저를 계속 다른 이름으로 부르는 이유를 모르겠어요. 성훈, 절 도와줄 수 있나요?"

성의 누나는 진심으로 말한 거였지만 받아들이는 아야는 조금 다르게 받아들인 것 같다.

"뭐, 뭐래, 이 멍청이가?! 네가 이해를 못 하는 거잖아!"

"그래요. 전 대화에 익숙하지 않아서 당신의 말을 이해하기 힘들어요. 그러니까 성훈에게 도움을 요청하는 거예요. 뭐가 이상한가요?"

아야는 화가 나서 꼬리털을 부풀리며 다시 한번 불꽃을 일으키려고 했지만 고개를 가로저었다.

"알았어. 그러면 너도 이해하기 쉽게 말해 줄게."

"그래요. 그래주면 고맙겠네요."

성의 누나가 입을 다물자 아야가 똑바로 내 쪽으로 걸어와 나를 가리키며 말했다.

"성훈, 그러니까 우리 자기가 평소와 조금 달라진 건 알아. 하지만 그게 잘못된 거야? 그렇게 고쳐야 하는 거냐고?"

"당신은 모르는 건가요?"

"응."

아야는 기운차게 고개를 끄덕였다.

"몰라."

하지만 그 목소리에는 힘이 넘쳤다.

"몰라도 상관없거든. 우리 자기는 지금 좋은 상황은 아니지만, 그게 그렇게 중요해?"

아야는 입을 다물고 있는 랑이와 성의 누나에게 계속해서 말했다.

"물론 우리 자기가 잘한 건 없어. 자기 멋대로 현실 도피하고 저렇게 감정이 빈, 껍데기로 변해 버렸으니까."

이 녀석도 저 녀석도 날 껍데기라고 부르네. 이왕이면 깍두기라고 불러 주지.

……분위기가 너무 삭막해서 농담 한번 해 봤다. 그러는 사이에 아야가 말했다.

"하지만 그렇다고 해서 우리 자기가 잘못하고 있는 건 아니야. 그럴 수도 있으니까. 아빠가 죽었을 때, 나도 너무 마음 아파한 적이 있었으니까 알아. 그런데 그런 게 잘못됐다느니, 아프다느니, 낫게 해 준다느니, 제멋대로 말하지 마!"

이상한 일이다. 나는 당연히 성의 누나가 아야에게 뭐라고 대답을 할 거라고 생각했다. 하지만 성의 누나는 이번에도 나를 향해 고개를 돌렸다. 아야의 말을 이해하지 못했나?

내가 그런 생각을 하고 있을 때. 성의 누나는 다시 고개를 돌려 아야를 보며 말했다.

"지금의 성훈을 보고도 그렇게 생각하나요?"

"그래."

아야와 성의 누나는 잠시 눈싸움을 계속했다. 먼저 시선을 피한 건 작은 한숨을 쉬며 고개를 숙인 성의 누나였다.

"그래요. 당신은 그렇게 생각하는군요. 그렇다면 어쩔 수 없죠."

"키이잉? 뭐가 어쩔 수 없는데?"

성의 누나가 세희를 보았다. 세희는 고개를 끄덕였다.

그건 어떤 의미로 승낙이라 할 수 있었다.

"성훈은, 제가 데려가겠어요."

성의 누나의 변하지 않는 말에 아야가 꼬리에서 불꽃을 일으키며 화를 냈다.

"키이잉!! 내 말 못 들었어?!"

"들었어요. 하지만 제 생각과는 다르네요. 그리고 저에게는 제 생각을…… 강요. 그래요. 당신들에게 강요할 수 있는 힘이 있어요."

"힘? 뜨거운 맛을 보고 나서도 그런 소리를…… 키이잉?"

아야가 불꽃을 일으키려는 순간.

거짓말같이 아야의 붉게 물든 꼬리가, 피어오른 여우불과 함께 그대로 얼어붙었다. 아야는 당황해서 꽁꽁 얼어 버린 자신의 꼬리를 한 손에 쥐고 다른 손으로 불꽃을 일으켜 녹여 보려 했지만 얼음은 녹지 않았다.

"당신이 저와 같은 성훈의 첩이기 때문에 손에 사정을 두고 있는 거라는 걸 알아주었으면 해요."

이제는 얼어붙은 꼬리를 꽁꽁 치는 아야가 보이지 않는다는 듯, 성의 누나는 평온한 목소리로 말을 이었다.

"그러면 성훈을 데려가겠어요. 치료하는 법이 거친 만큼, 확실하게 할 필요도 있으니까요. 당신들은 방해밖에 안 될 테니 이곳에 있으세요."

성의 누나가 자리에서 일어나자, 랑이가 퍼뜩 정신을 차리고서는 외쳤다.

"잠깐만 기다리거라! 아직 생각이 정리되지 않았느니라! 조금 더 이야기를……."

"아니요. 기다릴 수 없어요. 당신들이 내버린 일주일이라는 시간을 생각하세요. 그런 성훈에게 주어진 시간은 그리 길지 않아요."

단호한 성의 누나의 말과 함께 내 몸이 어디론가 빨려 들어가는 느낌이 들었다. 시야가 일그러지고 몸의 감각이 뭐라 말 못 할 정도로 이상해져 간다.

그런 가운데 내가 마지막으로 본 것은 랑이가 다급한 얼굴로 이쪽을 향해 달려들며 호랑이의 그것으로 변한 팔을 휘두르는 것이었다.

그리고 나는 정신을 잃었다.

* * *

정신이 들고 보니 나는 초가집 천장을 바라보고 있었다. 변한 것은 그것만이 아니다. 입고 있는 옷도 변했다. 예전에 한 번 입었던 적이 있는 그 옷이다.

그리고 내가 정신을 잃기 전에 있었던 일을 깨달은 나는 벌떡 일어나서 주위를 둘러보았다. 익숙한 흙벽과 창호지 문이 보였다.

설마?!

성의 누나가 나를 데려간다는 곳이 견우성이었나?! 나만 또 견우성에 끌려온 거야? 나는 사실을 확인하기 위해 문을 열고 밖으로 나갔다.

"아, 성훈. 일어났나요?"

평소의 성의 누나가 마당에서 닭에게 모이를 주며 나를 향해 미소 짓고 있었다.

닭이다. 닭을 닮은 무언가가 아니다. 정말로 닭이다. 어디선가 음메에에에~ 하는 소 울음소리까지 들린다.

어, 그러니까, 여기 견우성은 아니라는 거지?

"여긴 어디에요, 누나? 다른 애들은요?"

성의 누나는 뭔가 말을 하려다가 입을 다물고 잠시 생각에 잠겼다가 조심스럽게 말했다.

"……지구의 의지에게 이곳에서는 **제가 무슨 일을 벌여도 상관없다는 허락을 받아** 잠시 빌린 곳이에요."

……지구에도 그런 게 있었구나.

사실 성의 누나가 있다는 것 자체가 지구에도 충분히 성의 누나 같은 사람……, 사람이라고 해야 할지 모르겠지만, 그런 분이 있을 수 있다는 가능성을 내포하고 있는 거라 당황스럽지는 않았다.

지금 당황스러운 건, 내가 갑자기 강제로 유폐된 것이나 마찬가지인 상황에 처했다는 거지.

"다른 아이들은요?"

"저하고 있는데 왜 그런 말을 하나요?"

성의 누나의 미소가 빛나고 있지만 뭔가 다른 의미로 빛나고 있는 것 같아서 입이 다물어졌다. 그 이야기는 꺼내지 말라는 걸까.

그렇다는 건 나 혼자 이곳에 온 걸까.

……여기가 지구인 이상 그럴 리는 없겠지.

나는 일단 아이들에 대한 건 묻지 않기로 했다. **성의 누나가 무서워서 그런 거 아니나.**

"그보다, 배고프죠?"

그러고 보니 일어나서 아침도 아직이었다. 나는 고개를 끄덕였고 성의 누나는 웃으면서 지금까지 모이를 주고 있던 닭 한 마리의 목을 오른손으로 잡았다.

닭이 '꼬꼬댁~!!'거리며 날갯짓을 하며 어떻게든 도망치려고 애쓰지만 성의 누나는 눈 한 번 찌푸리지 않고 말했다.

"그래요. 금방 준비해 드릴게요."

여기서 문제. 제가 가만히 있으면 지금부터 무슨 일이 일어날 것 같나요?

"잠깐, 잠깐, 잠깐, 잠깐, 잠깐!!"

나는 그 답을 알고 있기에 모이 바구니를 땅에 놓고 닭의 눈을 가리려는 성의 누나를 다급히 말렸다. 성의 누나는 목을 잡은 오른손에 힘을 주려다가 말고 나를 보았다.

"왜 그러나요?"

"아, 아침부터 닭은 좀 아닌 것 같아서!"

이미 죽어 있는 닭을 요리해서 먹는 건 상관이 없다. 나도 치킨이나 백숙 같은 요리를 좋아하기도 하고. 하지만 눈앞에서 살아 있는 닭을 잡아서 먹는다는 건, 서울에서 태어나 자란 내게는 조금 힘든 일이다.

"……그러면."

성의 누나가 고개를 돌리는 순간.

누나의 시선 끝에 있는 외양간의 소가 음메에에에에에~ 하고 눈물을 흘리며 구슬프게 울었다.

내가 고기를 좋아하기는 하지만 그거하고 이거하고는 좀 달라!

"괜찮으니까! 아침은 나물로 먹는 게 좋으니까! 아니, 아침, 점심, 저녁, 나물만 먹어도 괜찮을 것 같아!"

"그래요? 성훈은 아직……."

성의 누나는 메모장을 팔락이며 읽은 후, 내게 말했다.

"발정기. 예, 발정기니까 잘 먹어야 할 텐데 말이죠."

"성장기겠지! 발정기가 인간한테 왜 와?!"

그 메모장 가끔씩 이상해!

내가 단어를 정정해 주자 성의 누나가 곤란한 미소를 지으며 메모장을 내려 보며 말했다.

"으음……. 또 틀렸나 보네요. 조금 더 공부를 하세요."

성의 누나의 말에 대답하듯 메모장이 휘리릭 넘어간다. 저 메모장도 그 책하고 같은 건가?

나는 궁금해졌기에 그에 대해 물어보려고 했다. 하지만 그 전에 처음 들어 보는 목소리가 들려왔다.

"알았어, 엄마."

메모장에서.

"흡?!"

뿜었다. 지금 메모장이 말했지? 내가 잘못 들은 게 아니라면, 지금 메모장이 말했다고! 아무리 나라고 해도 메모장이 말을 한 거에는 놀랄 수밖에 없었다.

메모장이잖아? 살아 있는 게 아니라고! 무생물이라고! 그런데 그게 지금 어떻게 말을 해?!

"지금 메모장이 말한 거야?"

"아, 그러네요. 성훈에게는 아직 소개를 안 했죠?"

그런데 성의 누나는 너무나 태연하게 자신의 메모장을 손에 든 채 내 쪽으로 내밀며 말했다.

"제 두 번째 아이예요. 첫 번째 아이는 견우와 다른 아이들을 돌보느라 올 수 없어서, 급히 만드느라 아직 공부가 부족한 면이 있어요. 지금처럼 자기도 모르게 말을 할 때도 종종 있고요."

성의 누나가 언제나 들고 있던 그 책은 견우성에 있는 거구나.

"그보다, 그래도 괜찮은 거예요? 누나가 별을 관리 안 해도?"

"예."

성의 누나가 밝은 미소를 지으며 말했다.

"성훈이 돌아간 뒤부터, 제가 아이들과 성훈. 둘 다 포기하지 않는 방법을 **찾기 위해서 노력했는걸요.** 그리고 알게 됐죠. 제 아이에게 맡기면 되는 거라는 걸요."

……그런 건 단순히 책임 전가라고 하지 않나. 그런 내 생각이 표정에 다 드러났는지 성의 누나는 가슴을 펴며 엣헴, 하고 헛기침을 한 뒤 자랑스럽게 말했다.

"걱정 마세요."

다른 의미로 받아들인 것 같다.

"문제가 생기면 바로 연락 준다고도 했고, 첫 번째 아이는 제가 어떻게 견우성을 관리하는지 몇십억 년 동안 옆에서 지켜본 아이이기도 해요."

세월의 무게가 다르구나.

"그러니까 일 년간은 큰 문제없을 거예요."

"짧아!"

나도 모르게 나온 소리에 성의 누나는 토라져서 말했다.

"그만큼 힘든 일인걸요. 기후 조절에 생태계에 신경도 써야 하고, 자전 속도와……."

성의 누나가 야외 과학 수업을 열 기세이기에 나는 말을 끊었다.

"그렇구나. 누나가 하는 일이 그렇게 힘든 건 줄 몰랐어."

내 사과에 성의 누나는 빙긋 미소 지으며 말했다.

"후훗, 괜찮아요. 성훈이 숨 쉬는 것만큼이나 저한테는 당연한 일이니까요. 하지만 다른 아이가 하기에는 힘든 일이라고 생각해서 누구한테 맡길 생각은 하지도 못했는데, 첫 번째 아이가 직접 해 보겠다고 말한 거 있죠? 엄마가 아저씨를 만나러 가고 싶을 때, 대신 해 주겠다고 하면서 말이죠."

그렇게 성의 누나가 이곳에 없는 책을 자랑하고 있자니 메모장의 종이가 격렬하게 넘어갔다.

"어머, 두 번째 아이가 왜 이러죠? 뭔가 화난 것 같은데요?"

즉, 저 메모장도 그 책과 같이 자신의 의지가 있다는 거겠지.

……그렇다면 지금 왜 저런 기현상을 일으키고 있는지 알 것 같다.

"……질투하는 거 아닐까?"

"질투요?"

성의 누나는 메모장을 두 손으로 잡고 말했다.

"첫 번째 아이를 질투하는 건가요?"

메모장은 아무 말도 하지 않았다.

당연한 사실을 말했는데 뭔가 이상한 기분이 든다.

"제대로 대답해 주세요."

메모장에서 풀 죽은 목소리가 들려왔다.

"……응."

그래, 메모장이 생각도 하고 말도 하고 질투 좀 할 수 있지. 인간이 상상할 수 있는 모든 일은 현실에서 일어날 수 있는 일이라고 하잖아.

"그렇군요. 질투……. 그래요. 아직 태어난 지 얼마 안 돼서 그런 걸까요."

성의 누나는 고개를 끄덕이고서 내게 말했다.

"하지만 두 번째 아이는 첫 번째 아이가 못하는 것도 할 줄 알잖아요?"

성의 누나의 말에 메모장이 기쁜 듯이 들썩들썩하는 것이 신경 쓰여서 나도 모르게 그게 무엇인지 묻고 말았다.

"그게 뭔데?"

성의 누나는 나를 보고 자기 자식을 자랑하고 싶어 하는 어머니의 미소를 짓고는 말했다.

"보여 드릴게요."

또 무슨 무서운 일이 벌어질까 두려워 그럴 필요는 없다고 말하려고 했지만, 그 전에 먼저 메모장이 한 장 한 장 넘어가더니 이윽고 이음새가 뜯어져 종이가 흩뿌려졌다.

메모장은 흩날리는 종이가 되어 버렸다.

설마 그 할 줄 안다는 게 자살은 아니겠지?!

그런 바보 같은 생각을 하고 있을 때. 메모장에서 뜯어져 나온 종이들은 허공에서 빙글빙글 돌아가더니, 이윽고 환한 빛과 함께…….

"해 봤어."

작은 꼬마 아이가 되었다. 성의 누나에게 어린 시절이 있었다면 이렇게 생겼을 것 같다는 생각이 들 정도로 꼭 닮은…….

마치 성의 누나의 딸처럼 보이는 양머리가 인상 깊은 귀여운 아이였다.

"잘했어요."

성의 누나의 칭찬에 그 아이는 살짝 얼굴을 붉히면서 고개를 끄덕이며 누나의 옷자락을 살포시 잡았다. 그 모습이 낯가림하는 어린아이같이 보여서 나는 그 앞에 무릎을 꿇고 시선을 맞춘 뒤 자기소개를 했다.

“나는 강성훈. 보통 성훈이라고 하는데 네 이름은 뭐니?”

내 말에 메모장이었던 아이는 화들짝 놀라서는 성의 누나의 치마폭 뒤에 숨어서는 얼굴을 묻고 아무 말도 하지 않았다.

“태어난 지 얼마 안 돼서 낯을 조금 가리는 아이예요.”

그런 것같이 보인다. 내가 어색한 웃음을 지으며 일어날 때, 성의 누나는 몸을 살짝 돌리며 그 아이의 머리를 쓰다듬으면서 말했다.

“말해 주도록 하세요.”

성의 누나의 말에 용기가 난 걸까. 아이는 치마폭에서 얼굴을 떼고 불안해하는 시선으로 나를 보며 말했다.

“내 이름은 두 번째 아이.”

……오랜만이네. 이 감정이 그리울 정도다.

나는 성의 누나에게 말했다.

“이름, 안 지어 줬어요?”

“아, 그렇죠. 성훈은 이름에 큰…….”

성의 누나가 힐끗 쳐다보자 두 번째 아이가 말했다.

“성 정체성.”

“성 정체성이 있다고 생각하고 있었죠?”

“정체성이야! 앞에 쓸데없는 말이 하나 더 붙었다고!”

틀린 곳을 조금 소리 높여 정정해 주었다고 생각하는데 말이야.

"으……."

왜 두 번째 아이는 성의 누나의 치마를 붙잡고 몸을 부들부들 떨고 있는 걸까. 그것도 꽤나 원망스럽게 바라보면서. 그 이유는 성의 누나가 알려 주었다.

"몇 번이나 말했지만 너무 그렇게 큰 목소리로 말하지 않았으면 좋겠어요. 저도 그렇고, 두 번째 아이도 깜짝 놀라게 되니까요."

내가 저지른 죄 때문이로구나. 나는 고개를 끄덕이고 평소와 같이 말했다.

"미안."

"참 잘했어요."

성의 누나가 내 머리를 쓰다듬으면서 말을 이었다.

"그러면 성훈이 두 번째 아이의 이름을 지어 줄래요?"

"이름 말이지?"

나는 두 번째 아이를 보았다. 성의 누나와 똑 닮은 아이다. 내가 애를 키워 본 적이 없어서 잘은 모르겠지만, 이 정도면 네 살에서 여섯 살 사이 정도가 아닐까? 키도 작아서 성의 누나의 허리춤 정도밖에 안 오고 말이야.

그런데 이 아이의 이름을 내가 지어도 될까? 아무런 관계도 없는데?

"성의 누나는 무슨 이름이 좋을 것 같아?"

그런 마음이 소용없다는 것을 알면서도 의견을 물어보게 만들었다.

“전 두 번째 아이라는 이름으로도 충분해요.”

봐봐.

기대를 하지 않았기에 실망도 하지 않은 나는 내가 지은 이름을 두 번째 아이가 좋아하기를 빌면서 말했다.

“그러면 성린은 어때?”

“성린.”

두 번째 아이, 성린은 내가 지어 준 이름을 읊고는 성의 누나를 올려다보며 말했다.

“내 이름은 이제 성린?”

성의 누나는 성린의 머리를 쓰다듬어 주며 말했다.

“그래요, 성린. 지금부터 그게 당신의 이름이에요.”

“응. 이제 나는 성린. 기억했어.”

기쁜 듯이 미소를 지으며 고개를 끄덕이는 성린을 보고 있자니 흐뭇한 미소가 지어진다.

“그보다 성훈.”

“응?”

“이제 아침 먹을까요?”

화제 전환이 너무 성의 누나다워서 나는 피식 웃고 말았다.

“그럴까?”

“그러면 잠시만 기다려 주세요. 준비할게요.”

그리고 성의 누나는 혼자 부엌으로 들어갔다. 덕분에 성린은 나와 단둘이 남게 되었다.

내가 이름을 지어 줬기 때문일까. 조금 전같이 낯을 가리는 기색은 없다. 다행이라고 생각하자.

하지만 성린과 단둘이 있으니까 할 말이 없다. 그렇다고 나를 빤히 보고 있는 성린에게 말도 안 걸고 가만히 있어서는 안 될 것 같기에 나는 아무 말이나 걸어 보았다.

"안에 들어가서 기다리고 있을래?"

성린은 고개를 흔들었다.

"그러면 성의 누나하고 같이 있을래?"

성린은 또다시 고개를 흔들었다.

"여기서 엄마 기다릴 거야."

"그럼 나하고 여기서 기다리고 있을래?"

그제야 성린은 고개를 끄덕였다.

"응."

"그러면 서 있지 말고 여기 앉자."

내 말에 성린이 쪼르륵 와서는 옆에 걸터앉는다. 어린 티가 참 많이 나서 나도 모르게 끌어안고서 머리를 쓰다듬어 준다거나, 무릎 위에 앉히고 싶다는 생각이 든다.

단순히 어린애를 좋아하는 거니까 이상한 생각은 말았으면 좋겠다. 순수한 Like다, Like.

나는 그 감정에 기인해서 성린에게 말했다.

"오빠하고 같이 놀면서 엄마 기다릴까?"

"오빠?"

성린이 주위를 둘러본다.
"오빠가 어디 있어?"
네 앞에 있다. 아직 아저씨 소리 들을 나이는 아니라고.
"여기 있잖아."
"성훈?"
나는 고개를 끄덕였고 성린은 고개를 흔들었다.
"성훈은 오빠 아니야."
나는 이걸 물어야 할지 말아야 할지 고민하면서도 호기심을 이길 수 없었다.
"그러면 뭔데?"
"아빠."
성린이 어이없는 소리를 해 왔다.
"……누가 아빠야?"
아야 때문에 아빠 소리를 듣는 건 익숙하다. 하지만 그것도 아야니까 괜찮은 거지, 오늘 처음 만난 성린에게 아빠라고 들을 이유는 없다. 그런데 성린은 그렇게 생각하지 않는 것 같다.
"엄마가 아빠 만나러 간다고 했어. 그리고 성훈을 만났고. 내 이름까지 지어 주게 했어. 즉, 성훈은 아빠야."
지금이라도 부엌으로 들어가서 성의 누나에게, 성린에게 도대체 무슨 말을 한 거냐고 따지고 싶지만……. 식사 준비에 열심일 성의 누나를 방해하지 말자.
"너, 아빠가 뭔지는 알아?"

"아빠. 자기를 낳아 준 남자를 부르는 말이야."

성린은 그렇게 말한 뒤, 고개를 갸웃거리며 말했다.

"그런데 남자가 아이를 낳을 수 있었어? ……장내 임신인가?"

이상한 소리가 튀어나왔다. 뭔가 성린의 뒤편에 순간적으로 거무칙칙한 기운이 물씬물씬 풍겼던 것 같지만 신경 쓰지 말자.

"남자는 아기를 못 낳아. 아기를 낳는 건 엄마고."

"그러면 왜 아빠들도 아기를 낳았다고 말하는 거야?"

알고 있다. 이야기를 들어서 알고 있다. 이것은 자식을 키우는 부모가 언젠가 맞이하게 되는 가장 대답하기 곤란한 질문이라는 것을 알고 있다. 나 역시 예전에 이런 질문을 아버지에게 했고,

"백문이 불여일견이지!"

라고 대답하며 생명의 탄생의 첫 번째 단계를 다른 관점으로 다가가는 영상 매체를 보여 주신……. 아니, 그런 괴로운 과거는 넘어가자.

나는 최대한 아직 성린에게 불필요한 지식은 주지 않기 위해 머리를 굴리며 말했다.

"왜냐하면 아기를 직접 낳는 건 엄마지만 아빠가 있어야지 엄마가 아기를 낳을 수 있거든. 그래서 아빠도 아기를 낳았다고 말하는 거야."

"그래? 그러면 아빠는 아빠 맞네."

어째서 결론이 그렇게 나오는 거냐.

“오빠는 아빠가 아니야.”

조금 집요하다고 생각할 수도 있다. 그냥 아빠라고 말을 맞춰 줘도 되지 않겠냐고 생각할 수도 있다. 하지만 세상에는 아주 자그마한 오해가 큰 사단을 불러일으킬 수도 있다.

강성훈. 열일곱 살의 나이. 살아오면서 단 한 번도 아빠 소리를 들을 만한 행동은 한 적이 없다.

슬프게도 진실이다.

슬프지만 진짜야.

믿어 줘.

“아빠는 아빠야.”

성린은 볼을 부풀리며 다리를 앞뒤로 흔들며 성을 냈다. 그 모습이 귀여워서, “그래요~ 아빠는 아빠예요~.” 같은 말이 튀어나올 뻔했지만, 나는 급히 내 이성의 끈을 잡는 데 성공했다.

위험했네.

최대한 열심히 내가 왜 성린의 아빠가 아닌지에 대해서 설명을 해 줘야겠다. 그렇다면 처음 할 말은 역시 이거지.

“내가 왜 성린의 아빠야?”

“엄마가 아빠라고 했으니까.”

“언제?”

“지금 물어봤어. 성훈이 아빠 맞대.”

이 모녀에게는 보이지 않는 통신수단이 있는 것 같다. 하지만 나도 여기서 물러날 생각은 없다.

"왜 성의 누나는 성린이한테 내가 아빠라고 말했을까?"

성린은 잠시 생각에 잠겼다가 손을 펼쳤다. 자그맣고 굳은살 없는 말랑말랑해 보이는 손이었지만, 이내 그 위에 작은 메모장이 뿅! 하고 튀어나왔다.

……유치해 보이지만 저것만큼 적절하게 표현할 수 있는 단어가 생각이 안 나니까 넘어가자. 내 머릿속 국어사전은 얇다고.

"우웅~ 엄마가 이렇게 말했어. 두 번째 아이는 성훈이 있었기에 태어날 수 있었던 아이라고."

다시 말한다.

나는 태어나서 단 한 번도 아이를 가질 만한 행동을 한 적이 없다.

"아까 성훈도 말했잖아. 아기는 엄마가 낳지만, 아빠가 있어야지 낳을 수 있다고. 그리고 엄마는 성훈이 있어서 내가 태어날 수 있다고 했고. 그러면 성훈은 내 아빠가 맞는 거 아니야?"

듣고 보니 맞는 말이다. 논리적으로 반박할 수가 없다. 이런 어린아이한테 논파당한 내 신세가 참으로 한심스럽다.

결국 나는 그 논리에 대항하는 것을 포기하고 다른 사실을 통해 성린을 설득하기로 했다.

"……물론 그렇게 생각하면 맞긴 해. 하지만 나는 성의 누나가 성린을 가질 만한 행동을 한 적이 없어."

"행동?"

고개를 갸웃거리며 메모장을 뒤적이는 성린을 보며 나는 최대한 성린이 이상하게 듣지 않을 수 있도록 말을 고르고 골랐다.

"그러니까……."

"성행위 말하는 거야?"

그리고 그것은 필요 없는 짓이었다.

성린이 내가 피하고 있던 단어를 입에 담았으니까.

"아빠가 말하고 싶었던 단어. 맞지?"

맞다. 맞긴 한데. 맞긴 하지만!!

"아니야?"

나는 얼굴을 붉힌 채 이러지도 저러지도 못했다. 맞는 단어다. 내가 하고 싶었던 말을 너무 정확하게 짚어서 할 말이 없을 정도다.

내가 말을 잃은 사이, 성린이 어린아이 같은 순진한 표정으로 눈치를 살피며 고개를 왼쪽 오른쪽 갸웃거리며 말했다.

"아빠가 말하고 싶었던 단어가 성행위 아니야?"

맞지만! 분명 맞지만!

"그런 말 함부로 하는 거 아니야!"

"꺅!"

내 말에 성린이 깜짝 놀라서는 뒤로 넘어지려 했다. 나는 깜짝 놀라서는 평범한 인간이라면 할 수 없을 정도로 빠르게 팔을 뻗어 성린의 머리 밑에 손을 넣었다.

휴…….

성린도 인간이 아닌 이상 이런 일로 크게 다칠 리는 없지만 그래도 사람 마음이라는 게 그렇지 않다. 성린이 눈꺼풀을 깜빡깜빡하며 나를 보다가 일어나 앉은 다음, 슬금슬금 거리를 벌리고서는 뚱한 목소리로 말했다.

"깜짝 놀랐어. 큰 소리 내지 마."

모녀는 닮는 건가.

"미안."

"그건 그렇고."

솔직히 조금 전의 소동으로 자연스럽게 화제가 변하기를 바라고 있었다.

"아빠는 엄마하고……."

그래도 나는 성린이 그 단어를 입에 담기 전에 선수를 칠 수 있었다.

"어쨌든 나는 성의 누나하고 그런 걸 한 적이 없어. 알겠지?"

"으응……. 그러면 엄마는 왜 나한테 성훈이 내 아빠라고 말한 걸까?"

턱에 손을 대고 고개를 갸웃갸웃하는 성린에게 해 줄 말은 없었다. 성의 누나의 생각을 짐작하는 것은 그만큼 힘든 일이니까.

아니, 성의 누나뿐만 아니라 타인의 마음을 읽는 것 자체가 힘든 법이다.

"아, 알겠다!"

그런데 성린은 박수를 짝! 치면서 환한 미소를 지으며 그렇게 말했다.

"엄마는 다른 뜻으로 말한 거였어!"

그 모습이 너무 즐거워 보여서 나는 반론을 펴지 않고 이야기를 들어주는 착한 오빠가 되기로 했다.

"그래? 성의 누나는 무슨 뜻으로 말했을까?"

"아빠는 몰라?"

착한 오빠다. 착한 아빠가 아니다. 하지만 나는 그 사실을 언급하지 않고 고개를 끄덕였다.

내가 모르는 걸 알고 있다는 사실 때문인지, 성린의 기분이 한층 더 좋아진 것 같다.

"들어 봐, 아빠."

"그래, 그래."

"나는 아빠가 있기 때문에 태어날 수 있었어. 아빠를 만나러 가는데 엄마가 잘 모르는 단어들이 많아서 도와주려고 낳은 아이가 나야. 즉 내가 태어나는 데 있어 아빠의 존재가 필수였다는 거야. 그러니까 나는 아빠의 아이이기도 해."

……나는 할 말을 잃었다. 성린의 말에는 일리가 있었으니까. 하지만 내가 반론을 펼 생각이 들지 않은 이유는 너무나 기뻐하며 내 대답을 기다리고 있는 성린의 그 해맑은 표정 때문일 것이다.

"그래."

나는 성린의 머리를 쓰다듬어 주며 말했다.

"그렇게 생각하니까 오빠가 아빠 맞네."

"그러면……."

성린이 살짝 귀를 붉히며 조심스럽게 내 눈치를 살핀다.

"응?"

나는 성린에게 어떤 말이든지 부담 가지지 말고 이야기하라는 태도를 보여 줬다. 그런 내 반응에 용기를 얻은 걸까. 성린이 조심스럽게 말했다.

"나, 아빠한테 안겨 봐도 돼?"

……물어볼 것도 없는 질문이었다.

"물론이지."

나는 성린을 향해 두 팔을 벌리며 대답했다.

"자."

성린은 마루에 일어나 서서는 비록 몇 걸음도 안 되지만 아장아장이라는 말이 어울릴 법한 발걸음으로 내게 다가오더니.

"아빠."

내 품에 안겼다.

아이들을 많이 안아 본 적이 있는 나지만, 이제 막 네 살쯤 된 것 같은 아이를 품에 안는 것은 처음이기에 느낌이 조금 생소했다. 정말…… 작잖아.

성린이 내 목을 꼬옥 끌어안으며 말했다.

"그런데 조금 전에는 아빠가 아빠인 걸 열심히 부정하려고 했는데, 왜 지금은 그렇게 쉽게 인정한 거야?"

……다른 건 몰라도, 이 녀석은 분명한 성의 누나의 딸이

맞다.

"내가 생각한 게 틀렸으니까."

"그래? 그러면, 아빠."

"응?"

"궁금한 거 있는데 물어봐도 돼?"

나는 고개를 끄덕였다.

성린은 내 품에서 벗어나 자그마한 두 손을 내 양쪽 볼을 살며시 가져다 댄 채 물었다.

"아빠 얼굴은 왜 그렇게 이상해?"

강성훈. 열일곱 살. 일반적인 남자와 마찬가지로 화장실 거울을 보았을 때, '이 정도면 잘생긴 건 아니어도 중간은 가지 않나?'라고 생각하는 사람이다.

"잘생긴 건 아니어도 이상하지는 않아."

"으응."

성린이 고개를 흔들며 내 말을 간단히 부정하며 말했다.

"잘생기고 못생기고 그런 게 아니라, 아빠는 얼굴이 이상해."

나는 최대한 얼굴 가죽이 기묘하게 뒤틀리지 않도록 노력하며 말했다.

"뭐가 이상한데?"

성린이 손을 뻗어 내 양 볼을 손으로 토닥토닥하며 말했다.

"아빠 표정은 꼭 만들어 붙인 것 같아."

나는 대답할 수 없었다.

"엄마가 말한 아빠는 자기감정에 솔직한 사람이라고 했어. 그런데 지금 아빠는 표정에 감정이 안 느껴져. 이상해. 사람 같지 않아."

성린은 턱에 손가락을 괴고 잠시 생각에 빠졌다가 고개를 끄덕이며, 내 가슴을 손가락으로 살짝 누르며 말했다.

"아빠는 여기기 텅 빈 것 같아."

뭔가 삐거덕거리는 소리가 손끝이 닿은 곳에서 시작돼서 혈액을 따라 흐르듯, 내 몸을 가득 채웠다. 나는 급히 손으로 입을 막았다. 그 소리가 나오는 것을 막기 위해서였다.

"아빠? 왜 그래?"

성린이 나를 이상하다는 듯이 본다. 다행인 것은 어느새 그 소리가 사그라졌다는 것이다. 이제 더 이상 들리지 않는다.

그렇기에 내가 손을 내렸을 때, 그 아래에는 평소와 같이 미소 짓는 내가 있을 수 있었다.

"아니. 성린이 너무 똑똑해서 놀랐어."

"엄마 딸이니까."

내 칭찬에 기분이 좋은지 성린은 밝게 웃었다. 내가 짓고 있는 어색한 웃음이 꼬마전구라면, 성린의 미소는 한여름의 태양같이 아름답게 빛나고 있었다.

나는 성의 누나가 부엌에서 나올 때까지 성린과 이것저것 이야기를 하면서 시간을 보냈다. 성린은 아직 어린아이였지만 정말 영리했다. 성의 누나에게 단어를 가르쳐 주는, 비록 틀릴 때가 많지만, 아이답게 말이야. 그래서 이야기를 나누는 건 재미있었고 가끔 물어 오는 질문에 대답하는 것도 즐거웠다.

마치, 랑이와 처음 만났을 때처럼 말이야. 랑이도 예전에는 아무것도 모르는 어린아이였지만 지금까지 열심히 공부한 결과, 어느 정도 상식을 가진 아이가 되었지.

……나래에게 감사해야 할 일이다.

그런 생각을 하고 있을 때, 드디어 성의 누나가 나왔다.

빈손으로.

"먼저 들어가세요."

……생각하지 마라. 느끼는 거다. 아마도 요술로 부엌에서 한 요리를 이미 방 안에 차려 놓은 거겠지. 이런 일을 한두 번 겪어 보나.

"응."

나는 자리에서 일어나 성린을 일으켜 세우고 문을 열고 먼저 안으로 들어갔다.

"……어?"

예상대로다. 내가 나오기 전까지는 아무것도 없던 방 안에 상이 차려져 있었으니까.

즉, 내가 지금 놀란 건 다른 이유 때문이라는 거다. 방 안에 차려진 상이 하나가 아니다. 세 개다. 그 위에는 모두 호화찬란한 음식들이 가득 차려져 있다. 아무리 봐도 나와 성의 누나, 그리고 성린이 먹을 양이 아니다. 거기다 방석 역시 한두 개가 아니다.

그리고 가장 중요한 것은…….

차려진 음식에서 성의 누나의 것이 아닌 다른 이의 솜씨가 느껴진다는 거다. 그거도 너무나 익숙한 솜씨가.

그래. 예를 들면, 세희라든가, 세희라든가, 세희라든가.

그 사실을 눈치챈 나는 한숨을 쉬고, 일단 평소와 같이 가장 커다란 상의 가장 중심에 앉아 무릎에 턱을 괴며 말했다.

"여기 있는 거 아니까 나와라."

그리고 나는 내가 아무것도 모르고 있었다는 사실을 깨달았다.

"푸핫!! 숨어 있느라 힘들었느니라."

랑이가 벽에서 위장포를 벗어 던지며 튀어나왔다.

"아우우우, 정말 좁았던 거예요."

치이가 문 위쪽의 천장에서 내려왔다.

[조금 추웠음.]

페이가 바닥에서 솟아 나왔다.

"키이잉……. 들킬 줄 몰랐는데."

아야가 상 밑에서 기어 나왔다.

"알고 계셨어요?"

바둑이가 방석 아래에서 튀어나왔다.

"알긴 뭘 아느냐. 소가 뒷걸음질을 했을 뿐이지."

등 뒤를 보니 냥이가 문 앞에 서 있었다.

……솔직히 예상 못했다. 이곳이 지구라는 사실에 랑이와 세희라면 따라왔을 수도 있다고 생각했지만, 설마 다들 와 있을 거라고는.

어이가 없어서 아무 말도 못 하고 있는 사이, 아이들은 각자 상 앞에 앉았다. 내 옆에는 랑이가 앉았고 냥이는 그 옆에 앉았다. 따로 떨어진 상에는 아야와 바둑이가, 또 다른 상에는 치이와 페이가 각자 자리를 차지했다.

다들 너무 태연해서, 당황하고 있는 내가 오히려 이상한 녀석 같은 기분이 든다.

"바로 알 줄은 몰랐어요."

"눈치 좋은 것 같아."

그리고 성의 누나가 성린의 손을 잡고 방 안에 들어와 문을 닫고 내 옆에 앉는 것으로 겨우 입이 떨어졌다.

"……뭐 어떻게 된 거야?"

"내가 말해 주겠느니라!"

랑이가 팔을 들며 기운 좋게 외쳤다. 어째서인지 침울했던 어제 모습은 완전히 사라져 있다.

"그러니까, 성의가! 널 데려가려기에 따라왔느니라!"

나는 '어떠냐!'라고 당당하게 말하는 랑이에게서 시선을 돌려 성의 누나를 보았다.

"그래서 어떻게 된 거야?"

"나는 무시이느냐?!"

"우리 흰둥이가 설명 좀 못할 수 있지 왜 기를 죽이느냐?!"

랑이와 냥이가 누가 자매 아니랄까 봐 털을 바짝 세우며 나에게 항의하지만, 지금은 이 녀석들의 이야기를 들을 때가 아니다.

정신을 잃기 전.

성의 누나의 태도는 어딜 봐도 나 혼자만을 데려갈 생각으로 보였다. 실제로도 그러했고.

정신이 들었을 때, 나는 그 사실에 미묘한 안도감을 느꼈다. 다행이라고 생각했다. 지금의 아이들에게는 시간이 필요하다고 생각했으니까. 그렇기에 일부러 다른 아이들에 대한 것은 물어보지 않았다.

……무서워서 안 물어본 거 진짜 아니라니까.

어쨌든. 그렇게 생각했는데 아이들이 전부 이곳까지 따라왔다는 사실은, 상당히 미묘한 기분이 들게 만든다. 적어도 성의 누나가 마음을 바꾼 이유 정도는 듣고 싶다.

"이야기를 듣고 마음이 바뀌었어요."

아, 맞다. 깜빡하고 있었네. 성의 누나도 설명을 잘하는 편은 아니라는 걸. 여기 있는 사람들 중에서 가장 설명을 잘해 줄 녀석은 그 녀석밖에 없지.

비록 보이지 않아도 이 방 어딘가에 있을 게 틀림없다. 나는 그런 믿음을 가지고 그 녀석의 이름을 불렀다.

"세희."

"부르셨습니까, 주인님."

나도 어느 정도 각오는 했다. 다른 아이들이 그런 기상천외한 방식으로 숨어 있으니 세희도 분명 평소와는 다를 거라는 생각 정도는 했다.

하지만 이 녀석은 내 예상을 뛰어넘었다.

"……야, 인마."

"왜 그러십니까, 주인님."

설마 내가 앉고 있는 방석으로 변했을 줄은 몰랐으니까. 방석이었던 세희는 원래의 모습으로 돌아가며 슬며시 내 뒤쪽에 앉았고, 나는 지끈거리는 머리를 한 손으로 누르며 고개를 돌렸다.

"평범하게 숨으면 어디가 덧 나냐?"

"제 손으로 제 캐릭터 성을 죽이라는 말입니까?"

너는 너무 튀어. 안 그래도 튀는 녀석들로 가득 찬 우리 집에서도 너무 튄다고.

"됐고. 어떻게 된 거야?"

"안주인님께서 성의 님의 요술을 찢었습니다."

그리고 끝이었다.

"거기서 입 다물지 마라."

혀 차지도 마. 귀찮다는 듯 어깨를 으쓱거리지도 마. 내게 필요한 건 설명이다.

"알겠습니다. 친절히 알려 드리지요."

내 마음을 읽고 있는 세희가 말을 이었다.

"성의 님의 요술은 완성되지 못했지만, 약골이신 주인님은 그 여파로 정신을 잃으셨습니다. 그 후, 안주인님과 다른 분들께서 **시간을 들여 충분한 이야기 끝에 극적으로 협상을 타결하여**, 다 같이 이곳에 오기로 한 것입니다. 됐습니까?"

무슨 사업가와 노조냐? 극적으로 협상을 타결하게? 그 협상이라는 게 무엇인지 궁금하지만 먼저 신경 써야 할 게 있다.

나는 페이에게 말했다.

"요괴넷은 어쩌고?"

[가희에게 맡김.]

……아, 맞다. 그 녀석이 있었지. 까먹고 있었다. 확실히 이곳에는 없네. 그 녀석에게 맡겨도 되는지는 모르겠지만 세희가 아무런 말이 없는 걸 보면 괜찮겠지.

"왕의 업무는?"

이번에는 냥이가 대답했다.

"잠시 쉬겠다고 공포했느니라."

그래도 되는 건가. 그래도 괜찮은 건가. 요괴들은 그래도 상관없는 건가.

"아우우우, 지금 그런 거 걱정하실 때가 아닌 거예요."

……아, 그렇지. 치이의 불만 섞인 목소리에 정신이 퍼뜩 들었다.

나는 옆을 보았고 성의 누나는 나를 보았다.

"맛있게 드세요."

"어, 응."

화사한 미소를 지은 성의 누나에게 나는 나도 모르게 대답하고 말았다. 아니, 이게 아니라!

무슨 협상을 했는지가 궁금하다고!

하지만 내 말이 전쟁을 울리는 총성이 된 걸까.

"잘 먹겠느니라!!"

랑이가 숟가락을 들었다. 그렇게 이야기를 채 끝내기도 전에 많이 늦은 아침 식사가 시작됐다.

……그래. 밥상머리 앞에서 길게 이야기하는 거 아니라는 말도 있잖아. 나도 배가 고프니까, 일단 밥부터 먹자.

하지만 나는 전쟁을 앞에 둔 용사들처럼 전투적으로 식사를 하는 아이들과 달리 쉽게 수저를 뜨지 못했다. 그러기에는 내 왼쪽에 앉아 있는 성의 누나의 존재감이 장난 아니다. 그동안 떨어져 있었던 것에 대한 보상이라도 받겠다는 듯이 딱 달라붙어서 말이야. 나래도 지금은 없고, 평소라면 뭐라고 한마디 했을 아이들도 지금은 그저 밥 먹는 데 열심이다. 세희?

이런 모습을 비디오카메라로 촬영하고 있는 녀석에게 도움을 바라는 건 바보 같은 짓이겠지.

"성의 누나."

"왜 그러나요?"

자신의 행동에 자각이 없다는 게 눈에 보이고 목소리로 들린다.

"저기, 조금 떨어져 주면 안 될까?"

성의 누나는 대답 대신 품 안에 안겨 있는 성린을 보았다.

성린은 고개를 가로젓고는 말했다.

"말 그대로야."

성의 누나가 나를 보았다.

"성훈은 왜 그런 말을 하는 거죠?"

왜일까. 그 질문에 나는 무슨 대답을 해야 하는 걸까. 갑자기 철학자가 된 듯한 기분이다.

"우리는 사랑하는 사이 아닌가요? 사랑하는 연인이 몸을 가까이하는 것에 무슨 문제라도 있는 건가요?"

문제야 많지.

"사랑하는 사이라고 해도 다들 이렇게 붙어 있는 건 아니야. 특히 밥 먹을 때는."

"왜죠?"

"불편하잖아."

"……성훈은 저와 살을 맞대고 있는 것이 불편한가요?"

나는 그렇다고 대답을 하려고 했다. 하지만 성의 누나가 내 눈을 직시하고 있기에 쉽사리 말할 수 없었다.

성의 누나의 눈은 옛날과 같이 깊고 고요했지만, 그 안에 담긴 감정은 그 어느 때보다 격렬했다. 마치 광활한 바다 아래로 수백 미터는 돼 보이는 대왕 오징어가 자기 위쪽으로 배한 척이라도 지나가면 사정없이 박살 내 버리겠다는 기백까지 느껴진다. 아무리 봐도 화난 것 같지? 왜 그럴까.

음……. 생각해 보자.

영원히 못 만날 거라고 생각한 사랑하는 연인이 있다. 하지만 포기하지 않고 열심히 노력한 끝에 겨우 만날 수 있게 되었고, 자신의 마음을 있는 그대로 드러내자, 연인이 말했다.

붙지 마. 불편해.

……화날 만하군.

“불편하지 않습니다.”

“그러면 이대로 있어도 되죠?”

“응.”

결국 나는 현실에 굴복하고 수저를 들었다. 왼편에서 느껴지는 성의 누나의 따스한 온기는, 그 외의 아이들이 내뿜는 각오에 찬 식사 분위기와 극명한 대조를 이루었다.

* * *

아침 식사를 마치고 나서.

성의 누나와 세희가 잠시 자리를 비우자 평소라면 배가 부르다고 드러눕거나, 사랑스러운 여동생의 배를 만지거나, 친한 친구에게 이 닦으러 가야 한다고 채근하거나, 이 닦아 달라고 어리광 부리거나, 엎드려서 졸거나, 아빠에게 놀아 달라고 치근대거나, 하는 아이들이 오늘은 뭔가 달랐다.

“일단 거기 앉거라.”

냥이는 뒤에 아이들을 일렬로 앉혀 놓고서, 무슨 대변자라도 되는 듯 그 앞에 혼자만 삐쭉 튀어나와서 곰방대를 물고 내게 말을 걸었다.

"앉아 있는데."

참고로 나는 어떻게든 성의 누나의 가슴에서 느껴지는 풍만함과 향긋한 체취와 내게 향한 시선을 이겨 내며 밥을 먹느라 지친 내 몸과 영혼의 휴식을 위해 벽에 등을 기대고 쉬고 있는 중이었다.

"제대로 앉아라, 이 말이다."

그 말투가 심히 건방져서 그대로 드러누울까 생각도 했다. 하지만 냥이의 뒤에 앉아 있는 랑이와 치이와 페이와 아야, 그리고 심지어 바둑이조차 진지하게 나를 보고 있다는 사실에 나는 생각을 달리했다.

적어도 바둑이가 저렇게 진지하게 있는데 내가 장난을 치면 안 될 것 같거든.

내가 양반 다리를 하고 앉자 냥이가 말했다.

"네가 정신을 잃고 있는 사이, 흰둥이와 아이들이 성의와 이야기를 나누었느니라."

분위기가 너무 무거운 것 같아서 나는 슬쩍 때 지난 농담을 건넸다.

"그룹 결성을 하겠다는 결론이 나온 건 아니지?"

그 대가는 싸늘한 시선들이었다.

"하, 하하하……."

사람 무안하게 왜 그렇게 무섭게 보냐고.

"미안. 계속해라."

"너는 입 다물고 듣기만 하거라."

나는 고개를 끄덕였고 냥이가 말을 이었다.

"이야기를 나눈 결과. 일단 성의가 너를 멋대로 데려가지 않을 만한 조건을 내세워 협상에 나섰다. 그 결과, 너는 이 땅에 남을 수 있었고 우리 또한 너를 따라 이곳에 올 수 있었다."

……내가 잠깐 정신을 잃은 사이에 별일이 다 있었군.

"또한, 그러던 중 세희가 낸 중재안을 따르기로 했다."

등에 소름이 돋았다. 나는 세희를 보았고 세희는 딴청을 부렸다. 위기 감지 센서가 울린다. 내 짧은 인생에서 저 녀석이 낸 의견 중에 제대로 된 건 한 번도 본 적이 없었다고!

"뭘 그리 첫 요리를 망친 것을 들킬 것이 무서운 새색시 같은 모습으로……."

"검둥아."

랑이의 무겁고 무거운 말에 냥이는 얼굴을 붉히고서는 크흠, 하고 헛기침을 한 뒤 말을 이었다.

"네가 한눈을 파니까 내가 한 소리 듣지 않았느냐!"

그게 왜 내 탓이냐.

"어찌 되었건! 그 결과를 내가 흰둥이와 아이들을 대표해서 네게 전달해 주는 역할을 맡게 되었느니라."

입 다물고 들으라고 했지만 지금은 물어봐야 할 때다.

"왜?"

"몰라서 묻느냐?"

냥이의 입가에 장난기가 맴돌았다. 그 의미를 깨달은 나는 고개를 흔들었다.

"아니, 대충 알 것 같다."

왜냐하면 냥이는 다른 아이들과 달리 나와 거리감이 있기 때문에 객관적으로 이야기를 전해 줄 수 있다고 생각했기 때문이겠지.

"계속해."

"그리 할 것이다."

냥이는 잠시 호흡을 고르며 분위기의 흐름을 조절했다. 나는 뭔가 심상치 않은 분위기에 눌려 침을 삼켰다.

"이제 너는 아이들과 이, 이어질 것이니라."

침 삼키다 사레들렸다.

"쿨럭, 쿨럭!!"

뭐야, 이 녀석?! 지금 무슨 소리를 한 거야?! 이어지다니? 이어지다니? 사춘기를 보내는 나로서는 이어진다는 말은 그렇고 그렇게밖에 안 들린다고!

"나, 나도 이런 말을 하고 싶어서 한 게 아니다! 애초에 흰둥이의 부탁만 없었어도 이런 부끄러운 말을 했을 리가 없지 않느냐!"

거기다 냥이가 얼굴을 새빨갛게 물들이고 있는 것이 내 가정에 힘을 실어 주고 있다.

물론 그럴 일은 없겠지만 그래도 말이죠. 그렇게 갖은 분위기는 다 잡아 놓고 진지한 목소리로 저런 말을 하면 당황하지 않을 수 없잖아?

하지만.

내가 사레가 들리지 않았다면 박장대소를 하며 웃었을 이런 상황에서도 아이들의 표정에는 조금의 변화도 없었다.

정말로 진지하다는 듯이 나를 보고 있다. 나는 그 사실에 기침이 잦아들었음에도 웃지 못했다. 그저 머리를 긁적이며 냥이에게 물어봤을 뿐.

“왜?”

검둥이가 두 주먹을 불끈 쥐고 고개를 돌리며 말했다.

“말하지 않았느냐? 흰둥이가 부탁…….”

“아니, 그거 말고.”

냥이가 고개를 돌려 붉어진 얼굴을 내게 보여 주는 것과 동시에 나는 말했다.

“왜 그런 말을 하게 됐는지, 그 이유에 대한 설명이 아직이다.”

아이들은 진지하다. 그 어느 때보다 진지하다. 그렇다면 나도 거기에 맞춰서 진지하게 대해 주는 게 예의일 것이다.

내 질문에 냥이는 뒤를 돌아보았다. 랑이는 고개를 흔들었다.

“내가 다 말하게 생겼구나. 그래, 흰둥이의 부탁이니 감수할 수밖에.”

크게 한숨을 쉰 냥이가 내게 말했다.

“네가 정신을 잃기 전. 성의라는 것이 말하지 않았느냐. 흰둥이와 아이들이 아무것도 하지 않았다고.”

나는 그에 반론하고 싶었지만 그러면 안 될 것 같았다. 정말로 그 말을 하고 싶은 건 내가 아닐 테니까.

"물론 내 생각으로는 그건……."

"검둥아."

랑이의 말에 냥이는 눈썹을 찌푸리고 담뱃대를 입에 물고 뒤를 돌아보았다.

"알았다, 이것아. 자기 남편이 좀 망가졌다고 하나뿐인 언니에게……."

"까. 미. 야."

말 한 마디, 한 마디를 딱딱 잘라서 냥이가 하늘에 점지여 받은 이름을 말하는 랑이는 처음 보았기에 조금 놀라고 말았다.

"으……냐아……."

그 모습에 냥이는 살짝 꼬리를 내리고서는 다시 이쪽으로 고개를 돌렸다.

……이 녀석, 지금 겁먹은 건가?

"어, 어쨌든. 그래서 성의는 널 데려간다는 이야기를 굽히지 않았고 흰둥이도 그럴 수 없다는 뜻을 거두지 않았다. 그렇기에 세희가 중재안을 두었고, 양쪽 다 그 의견을 따르겠다는 결론이 나왔다는 말이니라. 여기까지는 알겠느냐?"

알 것 같다. 왜 냥이가 대표로 이야기하는지에 대한 또 다른 이유를. 다른 아이들은 자기가 냥이처럼, 내가 알기 쉽게 설명을 해 줄 수 없으리란 걸 안 거겠지. 머리를 맞대고 정리를 했다면 모르겠지만 그럴 시간도 별로 없었겠고.

"어. 그래서? 그 중재안이라는 게 뭔데?"

물어보면서도 이미 알고 있었다.

"알려 줄 수 없느니라."

이런 대답이 돌아올 것이란 정도는.

"이유는?"

"네가 알면 안 되는 것이니라."

나는 랑이를 보았다. 치이를 보았다. 페이를 보았다. 아야를 보았다.

다들 아무 말도 하지 않고 냥이가 한 말이 옳다는 것을 분위기로 보여 주고 있다.

내 편은 아무도 없구나.

"어쨌든 양쪽의 뜻을 이루기 위해서, 너에게 해야 할 일이 있다는 것을 안 끼는 곳이 없는 귀신 녀석의 말을 통해 알게 되었다."

세희를 말하는 거겠지.

"……그것도 말해 줄 수 없냐?"

"좀 있으면 알게 되느니라."

냥이는 인상을 찌푸리며 대답을 피했다. 뭔데 저렇게 기분 나빠 보이지?

"지금부터 너와 이, 이어……. 에잇!"

냥이는 마저 말하지 못하고 불만스럽다는 듯이 인상을 찌푸리며 성을 냈다.

"됐다! 알려 줄 것은 다 알려 주었다! 더 이상 자세한 설명은 생략하겠느니라!"

내가 필요하다는 말을 하기 전에, 냥이가 몸을 비켰다. 아니, 정확히 말하면 몸을 피했다, 라고 말하는 게 맞겠지.

그리고 그 순간.

"낭군님!"

"오라버니!"

"오빠!"

"자기야!"

"도련님!"

다섯 명의 아이들이 나를 부르며 달려들었다.

"으, 으악?!"

내가 깜짝 놀라서 비명을 지르는 것과 동시에 아이들이 나에게 한꺼번에 안겨들었다. 나는 힘을 이기지 못하고 그대로 뒤로 넘어져 버렸다.

아이들은 사냥감이 저항할 수 없는 상황이 되었다고 생각한 것 같다. 랑이는 내 가슴 위에 올라탔고, 치이와 페이는 내 양쪽 팔을 끌어안은 채 누워 버렸고, 아야는 머리맡에 앉아 내게 무릎베개를 해 줬다. 두 다리를 짓누르는 부드러운 감촉이 느껴지는 것으로 보아 바둑이가 몸을 웅크리고 들어간 것 같다.

어, 그러니까, 지금 이 상황을 도대체 뭐라고 설명해야 하는 거지? 몸은 까딱할 수 없고 유일하게 자유로운 건 머리…….

"움직이지 마, 자기야."

아야가 내 머리를 두 손으로 붙잡아 자유를 빼앗았다. 하지만 내가 아야에게 빼앗긴 건 자유뿐만이 아니었다. 아야는 그대로 고개를 숙여 내 머리에 자신의 봉긋이 솟아오른 가슴의 감촉을 전해 주며, 그대로 입술을 훔쳤다. 달콤하면서 부드러운 감촉이 입술을 통해 전해진다.

……응?

지금 무슨 일이 일어나고 있는 거지?

그 사실을 깨달은 건 아야의 이가 살짝 내 입술을 깨문 이후였다. 그것만으로 끝내지 않겠다는 듯, 자신이 깨문 부위를 마치 달래 주듯이 혀로 어루만진다.

그 순간, 나는 무언가 이상한 느낌이 들었다. 뭐라고 제대로 설명할 수는 없지만, 내 가슴에서 혈관 하나가 뚫고 나와 아야의 가슴을 뚫고 들어가 서로의 피를 공유하는 기분이 든다고 할까.

물론 실제로 그렇다는 것은 아니다. 그저 뭔가가 이어져 있고 무언가를 주고받는다는 기분이 든다는 말이다.

이 생경한 기분에 당황하고 있는 사이 아야가 혀를 거뒀다.

"아아앗!! 너무하느니라! 선수 치는 게 어디 있느냐?!"

아야가 얼굴을 붉힌 채 은빛 실을 길게 늘어뜨리며 고개를 들자 랑이가 지지 않겠다는 듯이 내 볼을 두 손으로 잡고는 입술을 쭈욱 내밀며 다가온다.

"자, 잠깐?! 잠깐만! 나, 지금 이 상황을 이해할 수 없거든?!"

피하려고 해도 피할 수가 없다. 손발을 바동거려 보지만 움직이지 않는다!

"오, 오라버니. 우, 움직이면 아, 안 되는 거예요!"

[가슴 막 부비부비.]

치이의 열기 어린 목소리가 들리며, 페이의 즐거워 보이는 글이 보인다. 하지만 그것도 순간.

"우우우웁?!"

랑이의 입술이 내 위를 덮쳤다. 자기가 호랑이라는 것을 증명이라도 하겠다는 듯이 탐욕적이고 용맹하며 진취적이었다.

지금 내가 무슨 말을 하는지 모르겠다고?

나도 모르겠다. 내 입 안을 유린하는 랑이의 부드러운 혀에 정신이 나갔으니까.

"……이런 상황만 아니었다면 네놈을 죽여 버렸을 것이니라."

분명 같은 방에 있을 터인 냥이의 목소리가 너무나 멀리서 들리는 것 같다. 그에 비해 랑이와 이어지는 느낌은 너무나 가까웠다.

그런데…… 숨 막혀!!

"푸하!"

랑이와의 입맞춤이 끝났을 때는 이미 나도 반쯤은 제정신이 아니게 되었다.

"그, 그러면 다음은 저인 거예요."

그런 내 시야에 치이의 얼굴이 보인다. 얼굴을 붉히며 귀위 머리카락을 파닥이며 부끄러워하고 있지만 그런 태도와 다르게 입술이 점점 가까워만 온다.

"아니, 그러니까! 잠깐! 이야기르우우웁?!"

말을 채 하지 못했다. 그래도 다행인 것은 치이는 랑이와 아야와는 다르게 두 눈을 질끈 감은 채로 몸을 바들바들 떨며 입술만 가져다 댄 채 가만히 있다는 거다. 하지만 그것만으로도 내게는 충분히 자극적이었다. 아니, 아니야! 자극적인 게 아니라!

배덕적이라고!

아니, 이것도 아니고!

정상적인 사고가 불가능해질 때쯤, 랑이와 아야와 같이 치이와도 뭔가가 연결된 기분이 들었다. 그리고 치이는 고개를 들었다.

"자, 잠깐, 애들아. 지금……."

이게 도대체 무엇인지 물어보려고 입을 여는 순간.

[후후후후후후후후.]

가장 무서운 녀석의 글이 눈앞을 지나갔다. 고개를 돌리니,

먹이를 노리는 맹수가 거기에 있었다.

폐이는 내 팔 위에 주저앉아서 조금이라도 잘못 움직였다가는 저 치마 아래에 가려져 보이지 않는 내 신체의 일부가 어디에 닿을지 모르게 만들어 놓았다.

그야말로 완벽한 포박술이라고 할 수 있다.

[각오하는 게 좋음. 이날을 위해 실력을 갈고 닦음.]

어떻게? 누굴 상대로? 설마 치이는 아니겠지?

그런 얼빠진 의문이 들었지만 페이가 혀를 내밀어 날름 입술을 핥는 것과 사라졌다.

지금 상황에서 벗어날 수 있는 방법을 생각해라! 다른 애들이면 몰라도, 페이는 위험해!

사람이 절박해지면 초인적인 힘이 발휘된다고 하지. 그리고 나는 지금 이런 상황에서 가장 효과적인 방법을 기억해 냈다.

"혀, 현아야! 그만! 하지 마!"

하늘에 점지여 받은 이름을 부르며 부탁하는 것! 이것이야말로 완벽한…….

[싫음.]

페이는 단칼에 거절하고 깜짝 놀라 입을 벌려 버린 내게 키스했다.

그것은 상냥하게인가, 거칠게인가.

지금 내 안에 들어온 것은 혀인가, 아니면 살아 있는 뱀인 것인가.

휘감고, 휘감기고, 빨아 당겨지고, 흘려 넣어진다. 그 모든 행동이 거침없이 순서대로, 어떨 때는 동시에 일어난다. 나도 모르게 몸을 움찔거리게 되고 정신이 어디론가 날아가 버리는 느낌이 든다.

단지 입맞춤일 뿐인데, 단순한 입맞춤이 아니었다. 그 앞에는 페이와 이어지는 느낌조차 아무것도 아니었다.

"아우, 아우우우! 그만, 그만하는 거예요!"

"……눈 풀렸어, 저질아."

나는 치이와 아야의 목소리를 들으며 그대로 정신을…….

아얏!

혀에서 느껴지는 통증에 정신이 번쩍 들었다. 페이가 내 혀를 살짝 깨문 것 같다. 그런 내 앞에 페이가 쓴 글이 지나갔다.

[누구 마음대로 도망쳐?]

페이의 눈동자는 반짝거리는 것을 눈앞에 둔 까마귀의 그것처럼 빛나고 있었다.

하지만 그것도 잠시.

"으냐앗! 그 정도로 하거라! 언제까지 독차지할 것이느냐?!"

랑이에게 밀려 그대로 데굴데굴 방구석으로 구르게 되었다. 겨우겨우 한 손의 자유를 되찾은 나는 팔을 들어 입술을 닦고 여전히 자기 위치를 고수 중인 아이들에게 말했다.

"너희들 갑자기 뭐하는 짓이야?!"

"이번에는 제 차례예요, 도련님."

내 안의 무언가가 내게 말했다.

바둑이는 안 된다. 바둑이는 절대로 안 된다. 바둑이하고는 절대로 무조건 안 된다. 그건 정말로 범죄다.

아니, 이미 범죄를 저지른 것 같지만 그런 수준이 아니야! 범죄에도 경범죄가 있고 중범죄가 있잖아? 안 그래?

하지만 어떻게 벗어나지? 이미 하늘에 점지여 받은 이름을 불러 봤자 아무런 소용이 없다는 것은 페이를 통해 증명되었다.

그렇다면, 지금은! 간절하게 외칠 수밖에!

"도움!! 세희!! 나 좀 도와라!!"

이제 곧 나와서 어떻게든 이 사태를 잠시라도 막아 주겠지, 라고 생각하는 동시에.

바둑이의 얼굴이 보이기 시작했고 내 귓가에 너무나 멀고 먼 아득한 이상향에서 들려오는 듯한 냥이의 목소리가 와 닿았다.

"그 녀석은 지금 이 장면을 찍고 있는데 안 보이느냐?"

도와달라고 빌 상대를 잘못 골랐구나!

하지만 인생은 삼세번이라는 말도 있다! 나는 마지막으로 의지할 사람의 이름을 불렀다.

"성의 누나아아아아아! 나 좀 살려 줘어어어어!!"

"왜 그러나요?"

내 외침과 동시에 성의 누나가 온 것을, 흩날리는 바람에 섞인 향기를 통해 알 수 있었다.

"사, 살려 줘!"

성의 누나가 성린을 본 것 같다.

"그대로의 의미."

"하지만 지금 성훈은 목숨의 위협 같은 건 당하고 있지 않은데요?"

내 목숨은 괜찮겠지. 하지만 내 사회적인 목숨이 위험해! 이미 끝나 버린 것 같지만 그래도 최소한의 지켜야 할 선이라는 것은 나에게도 아직 남아 있다고!

나는 이런 생각을 너무나 간단하게 정리해서 성의 누나에게 전했다.

“어쨌든 위험해! 도와줘!”

말이 끝남과 동시에 산들바람이 불어왔다.

“으냐앗?”

“꺄우우우?”

[?!]

“키이잉?!”

“흐엥?”

각양각색의 아이들의 당황한 목소리가 들리는 것과 동시에 나는 자유를 되찾으며 보았다. 성의 누나의 옷자락이 펄럭이는 것과 랑이와 치이와 페이와 아야와 바둑이가 방 안에 붕 떠 버린 것을.

지금 무협 영화 찍으시나요, 누나.

그런 말을 하기 전에 아이들이 방바닥에 떨어져 내렸다. 그 방바닥에는 내가 누워 있지. 이제 곧 떨어지는 천사들의 육탄 공세에 비명을 지르겠구나. 하지만 그보다 앞서 성의 누나가 소매를 펄럭이며 수를 썼다.

“읏?”

갑자기 몸을 잡아당기는 힘에 저항하지 못한 나는 그대로 성의 누나의 품 안에 안기게 되었다. 그리고 아이들은 차곡차곡 각자 나름대로의 방법으로 바닥에 내려왔다. 랑이는 네 발로 엎드리고서, 치이와 페이는 날갯짓을 하며, 아야는 몸을 빙글 돌려 두 발로, 바둑이는 대자로.

쿵! 하고 집 안이 살짝 울렸다.

"바, 바둑아?"

깜짝 놀라서 나온 말에 바둑이는 팟 하고 고개를 들더니 눈을 반짝이며 말했다.

"재밌어요!"

……그래. 랑이에게 맞아 담장에 처박혀도 웃으면서 나왔던 바둑이에게 이 정도는 아무것도 아니겠지.

"도와줬어요, 성훈."

"어, 응. 고마워."

나는 슬쩍 자리를 옮기려고 했지만 내 허리를 껴안은 깍지가 풀리지를 않는다.

"……누나?"

"왜 그런가요?"

나는 순간적으로 성의 누나도 그 웃기지 않은 작전에 참가했냐고 묻고 싶었지만 그 대답이 무서웠다. 만약에 모르는 일이라면 괜히 긁어 부스럼일 테고, 알고 있다면 나 자신에 대한 확인 사살이 될 뿐일 테니까.

"아니, 고마워서."

"그런가요."

성의 누나는 마음이 따듯해지는 미소를 지었다.

"으냐아앗!! 왜 방해하느냐?! 이미 이야기가 끝난 것 아니었느냐!"

그 미소가 다른 의미로 받아들여진 것은 랑이의 외침 이후였다.

"성훈이 도와달라고 해서 도와줬을 뿐이에요."

"그건 성훈의 내숭이었느니라!"

"내숭이요?"

성의 누나가 열려 있는 문 쪽으로 고개를 돌리자 성린이 고개를 쏙 내밀고서는 말했다.

"겉으로는 좋아하고 속으로는 엉큼한 생각을 하는 거."

"그런가요."

"아니! 겉으로는 싫어하면서 속으로는 좋아하는 거야!"

제대로 정정해 주었건만 나를 보는 성린이 볼을 부풀리고서는 그대로 다시 문 뒤로 쏙 들어갔다.

아니, 왜?! 내가 뭘 잘못했는데!

"알겠어요. 지금 성훈은 좋으면서도 싫은 척을 했다는 거군요?"

"그렇느니라! 그런데 네가 방해를 해서 성훈이가 슬퍼하고 있지 않느냐?"

"아우우우! 그런 거예요! 오라버니는 변태 로리콘이라서 우리하고 이런 일 하는 거 좋아하는 거예요!"

[성훈, 애정 결핍. 스킨십 좋아함.]

"울 자기가 싫어하는 일을 우리가 할 리 없잖아, 이 방해꾼아! 울 자기 다시 돌려줘!"

아이들이 길길이 날뛰는 모습을 쓱 둘러보던 성의 누나는 내게 시선을 돌렸다. 아마 지금의 내 표정은 뭐라고 말로 설명할 수 없을 정도로 미묘할 거다.

나도 지금 내가 어떤 기분인지 잘 모르겠으니까.

"성훈은 그런 걸 좋아하는군요?"

그 목소리에는 아주, 아주아주 살짝 날이 서 있었다.

"말했잖아. 나도 남자라고……."

이거, 전에 말한 적 있는 것 같은데.

"다른 견우들보다 더 음란할 줄은 상상도 못했어요. 하지만 그래도 당신을 좋아하는 마음이 변하지를 않으니 다행이네요."

고맙습니다. 하지만 그 말씀을 하시면서 왜 점점 얼굴을 가까이 가져오시나요, 누나?

"성훈이 좋아하는 걸 나도 해 주고 싶어요."

호랑이 굴에서 벗어나 봤자 별의 손바닥 위인 것인가.

"그래요. 저도 당신과 연결되어 있을 필요가 있으니까요."

역시 아이들과 뭔가가 이어지는 듯한 느낌이 든 건 기분 탓이 아니었구나! 그제야 나는 깨달았다.

아이들이 나에게 알 수 없는 요술을 썼다는 것과, 그것 때문에 내가 이상한 느낌이 들었다는 것을. 하지만 그 요술이 무엇인지 물어볼 시간은 없었다.

성의 누나의 말에 랑이는 가슴을 펴고 손을 가져다 대며 당당하게 말했으니까.

"그러하느니라! 내가 허락해 주지 않았느냐?!"

도대체 내가 정신을 잃고 있는 사이에 무슨 이야기가 오간 거냐.

"그래요, 성훈. 저도 당신에게 이, 입맞춤을 할게요."

성의 누나가 살짝 볼을 붉히며 점점 내게 얼굴을 가까이 한다.

여기서 나는 어떻게 해야 할까.

1. 도망친다.
2. 성의 누나를 속여 넘긴다.
3. 포기한다.

정답은 3번밖에 없네. 나는 도망치는 걸 포기하고서 눈을 질끈 감았다.

그리고…….

성의 누나의 입술이 내 목덜미에 닿았다가 금방 떨어졌다.

응?

눈을 떠 보니 성의 누나는 얼굴을 새빨갛게 물들이고서 나와 시선조차 마주치지 못하고 있었다.

"기, 기분 좋은가요?"

"어, 어. 응."

사실 기분이 좋고 말고 알 수 있을 정도도 아니었다. 그럼에도 성의 누나와 이어진 느낌은 들지만. 그보다 부끄러워하면서도 깍지를 풀지 않은 채 고개를 숙여 내 어깨에 얼굴을 묻는 성의 누나의 모습은 너무나 사랑스러워서…….

[……이 대우의 차이는 뭐임?]
아이들의 분노를 사기에 충분했다.
"아우우우, 우리가 지금 어린애 모습이라서 그런 거예요."
아니다.
"목걸이 벗어야겠어."
벗지 마.
"서, 성훈아! 너는 내 어린 모습을 좋아한다고 말했지 않느냐!"
그야말로 난장판이다.
그 어느 때와 다름없는 난장판이 벌어졌다. 나는 평소대로 이런 일에 휘말린 채 웃으며 지내면 된다.

그것으로 충분하다.

"자."
그때, 존재감 없이 촬영에 열심이던 세희가 입을 열었다.
"준비는 나름대로 성공했으니 지금부터는 다음 단계로 넘어가겠습니다."
이게 끝이 아니었어?! 또 뭘 하는데?!
"알겠느니라."
세희의 조언에 갑자기 아이들이 나와 성의 누나를 둘러쌌다. 고대 시대에 올린 제사의 희생양이 된 듯한 기분이 드는데.
"성의야, 너도 이쪽으로 오거라."

랑이가 손을 흔들며 성의 누나를 자신이 있는 곳으로 부른다.

"왜죠?"

내게는 너무나 익숙한 성의 누나의 질문에 랑이는 의표를 찔린 것처럼 잠시 굳어 있다가 고개를 돌렸다. 그곳에는 그녀의 언니가 담뱃대를 입에 물고 꽁~하니 앉아 있었다.

"……흥이니라."

아까 화낸 것 때문에 도와줄 생각이 없는 것 같다.

"으냐앙~. 검둥아~."

"아, 알겠느니라. 말해 주면 되지 않느냐."

하지만 그것도 랑이가 발을 동동 굴리며 한, 우는 소리에 완전히 사라졌지만.

"지금 흰둥이는 네가 그것과 같이 있으면 지금부터 할 행동의 효과가 반감될 것이기 때문에 옆으로 오라 한 것이니라."

"반감……."

성의 누나가 시선을 돌리자 성린이 다시 문에 쏙 하고 고개를 내밀었다. 아까와 다른 게 있다면 입가에 과자 부스러기가 묻어 있다는 것 정도일까.

"상대방의 말이나 태도 같은 걸 불쾌하게 생각하여 반항하는 거야."

그 반감(反感)이, 이 반감(半減)이 아니라고!

나와 같은 마음이었는지 냥이가 코웃음을 치고서는 성린을 보며 말했다.

"내가 말한 것은 효과가 절반으로 준다는 뜻이었느니라, 어린것아. 알겠느냐?"

어린애가 어린애에게 어린것이라고 말하는 이 상황이 웃기다.

"우~!"

성린은 또다시 볼을 부풀리며 다시 문 뒤로 숨어 들어갔다.

"음, 그렇군요. 효과가 줄어든다면, 그쪽으로 가겠어요."

그제야 성의 누나는 내 허리에서 팔을 떼고서 랑이의 옆에 가서 섰다. 이것으로 완전히 나는 성의 누나와 아이들이 짠 원형진에 완벽하게 고립되어 버렸다.

그 긴장감에 입안에 침이 고인다. 꿀꺽, 하고 침을 삼키며 지금 이 순간에 내가 할 수 있는 최선의 행동을 선택한다.

"잠깐, 그 전에!"

나는 내 의사와 상관없이 흘러가는 지금의 상황을 끊기 위해 목소리를 높여 말했다.

"지금 무슨 일을 한 거야?"

어느새 비디오카메라를 소매 안으로 집어넣은 세희가 슬쩍 옆으로 다가와 말했다.

"주인님께서는 키스도 모르십니까?"

"그게 아니라!"

이 녀석이 어디서 물을 흐리려고 해?

"키스는 아는데, 지금…… 그러니까, 계속 이상한 느낌이 들었다고. 이 녀석들하고 내가 뭔가 연결이 되어 있다는 느낌이 든다고 할까…….”

그렇다.

거리를 벌리고 있는 지금도, 나는 랑이와 치이와 페이와 아야와 성의 누나와 뭔가가 이어져 있는 기분이 들고 있다. 뭔가 따스한 것을 받는 기분이 든다고 할까.

“이건 도대체 뭐야?”

“요술입니다.”

“그러면 이게 과학이겠냐?! 도대체 무슨 요술인지 가르쳐 달라고!”

세희는 인상을 찌푸리고 한숨을 쉰 다음에 소매에서 게임 패키지를 꺼냈다. 금발의 여자애와 흑발의 여자애, 그리고 보라색 머리카락의 여자애가 그려 있는 그림 위에 운명, 머무는 밤이라고 적혀 있었다.

“이 게임도 안 해 보셨습니까.”

“……뭐야, 그건.”

세현이 좋아하는 게임 부류인 것 같기는 하지만 해 보지는 않았다.

“이 게임을 하셨다면 패스라고 간단하게 설명해 드릴 수 있건만, 이래서 리얼충은. 폭발해 버리면 좋겠습니다.”

불특정 다수에게 향하는 증오는 그만해 주었으면 좋겠다. 지금 내게 필요한 건 제대로 된 설명이니까.

“간단하게 말씀드려서, 정신과 정신을 연결하는 통로를 만드는 요술의 일종입니다. 예전에 냥이 님께서 쓰신 것과 비슷하다고 생각하시면 됩니다. 이번에는 조금 대규모이긴 합니다만.”

궁금증은 풀렸지만 아직 의문스럽다.

“왜 그런 짓을 했는데?”

“알고 계십니까, 주인님?”

세희는 사악한 미소를 지으며 말을 이었다.

“반인반선의 경지에 드신 주인님의 정신에 개입하면서 육체와 정신에 아무런 해도 없이 술식을 짜고 발동시키는 것은 요술 중에서도 최고위 요술을 써야 한다는 것을 말이죠.”

그런 걸 내가 알 리가 없지.

“특히 혼돈의 힘을 빌리는 요술은 조화로움 속에서 살아가는 신선과의 상성이 최악입니다. 힘이 강한 쪽에 잡아먹히는 게 일반적이죠. 하지만 냥이 님과 성의 님과 함께 준비한 이 요술은…….”

그리고 세희는 내가 알 수 없는 내게 쓴 요술에 대한 전문적인 이야기를 계속했고 마지막은 이렇게 장식했다.

“뭐, 겸사겸사 이번 일로 모든 일이 잘 풀리면 그것이 최선이겠지만 말이죠. 그럴 리는 없겠지만.”

평소와 같이 세희의 말 중에서 이해할 수 있는 것은 거의 없었지만, 그래도 두 가지는 확실하게 알 수 있었다.

지금 이 녀석이 뭔가 작당을 꾸미고 있다는 것과, 그것을 위해서 내게 일종의 요술을 걸기 위해서 이 통로라는 것을 지금 만들었다는 것을.

“그런 걸 왜 했는데? 날 세뇌라도 시키려고 그러냐?”

세희는 친절한 선생님이 아니었다.

세희가 내게서 시선을 거두고 랑이를 보며 말했다.

"자, 그럼 친절한 설명은 여기까지 하겠습니다. 안주인님? 요술이 제대로 성공했는지를 확인하는 동시에……."

세희는 뜸을 들이고 진중하게 말했다.

"마음과 마음으로 대화를 나누어 보시겠습니까."

"응. 알겠느니라."

진지하게 대답한 랑이는 숨을 몇 번이나 내쉬고 분위기를 잡고서 나를 똑바로 바라보았다. 무슨 짓을 하려는 거지? 마음과 마음으로 대화를 나눠? 그게 무슨 말이야? 하지만 적어도 한 가지는 알 수 있었다. 지금의 랑이는 내가 무슨 말을 해도 들을 생각이 없다. 그렇다면 지금부터 어떤 일이 일어나도 당황하지 말고 지혜롭게 대처할 마음의 준비를 하는 것이 옳을 것이다.

"성훈아, 사랑하느니라."

하지만 의미가 없었다.

랑이가 두 주먹을 불끈 쥐고 황금빛 눈동자를 빛내며 진지하게 고백한 것에는.

랑이가 나를 사랑하고 있다는 사실은 이미 알고 있고, 사랑 고백을 받는 건 기분 나쁜 일이 아니다. 하지만 지금 같은 상황에서의 사랑 고백은 너무나 뜬금이 없어서 갑자기 왜 그러냐고 묻고 싶었지만 내게는 그럴 틈이 없었다.

랑이와 연결된 통로를 통해 숨이 막힐 것 같은 따듯한 감정이 내게 전달되어 왔으니까.

가슴속에서 삐거덕거리는 소리가 들려왔다.

위험해. 위험하다. 위험하다고. 이건 위험해.

나는 이를 악물었다. 랑이의 감정이, 잠긴 문을 두드리고 두드리고 두드렸지만 나는 자물쇠를 열지 않았다. 문 자체가 그대로 뜯어져 나갈 정도로 격렬한 감정이었지만 나는 버틸 수 있었다.

나는 고집이 세니까.

내가 지금 바라는 건 이런 게 아니니까.

겨우 어느 정도 마음의 안정을 찾을 수 있었을 때.

"으냐아……."

랑이가 어딘가 불만에 가득한 표정으로 세희를 보았다. 세희는 가볍게 고개를 숙이며 시선에 답했다.

"감사합니다. 통로가 확실하게 이어져 있는 것을 확인했습니다, 안주인님."

"으……."

랑이가 의기소침해져서는 고개를 푹 숙였다. 그 모습을 보고서는 이번에는 치이가 손을 들며 말했다.

"그, 그러면 이번에는 저인 거예요!"

그다음은 치이가 귀 위 머리카락을 격렬하게 파닥이면서 얼굴을 붉히고서 한 발 앞으로 나섰다. 발목에 달린 발찌에서 난 짤그랑 소리가 잦아든 후, 치이는 부끄러워서 조금 전보다 조금 작아진 목소리로 말했다.

"아우우우……. 저, 저도 오라버니를 사랑하고 있는 거예요. 정말인 거예요."

그 말과 함께 치이의 감정이 전해졌다.

치이의 감정이 나를 따스하게 감싸 안는다. 랑이의 감정이 내려쬐는 태양과 같이 강렬했다면, 치이의 감정은 따스한 봄 기운을 머금은 바람이었다. 나도 모르게 문을 열고 나가 봄바람에 몸을 맡기고 낮잠을 자고 싶어질 정도로 포근했다.

하지만 이번에도 나는 버텼다.

"확인했습니다. 이번에도 문제는 없습니다."

"아우우우……."

세희의 말에 치이가 고개를 푹 숙였다. 그러자 페이가 슬쩍 치이를 뒤로 끌어당긴 다음 앞으로 나서서는 처음 자신을 소개했던 때처럼 허리를 펴고 그 위에 손을 얹고 턱을 들어 올렸다. 그 모습은 옛날보다 더 자신감 넘쳐 보였다.

[나도 성훈을 진심으로 사랑함.]

나를 향한 시선에 가득 찬 연심조차.

페이의 감정은 랑이와 치이와 달랐다. 페이의 감정에는 거리감이 있었다. 와 닿지 않았다는 말이 아니다. 페이의 감정은 나에게 아무것도 바라지 않았다. 내 옆에 가만히 있었다.

그저, 그 자리에, 그렇게. 마치 천 년 동안 그 자리를 지켜온 나무처럼. 내게 그늘을 선물해주며.

나의 선택을 존중해 준다는 듯이.

그래서 고마웠다. 조금이라도 숨 돌릴 틈을 주었으니까.

"연결이 제대로 되었다는 걸 확인했습니다. 그러면, 다음 분."

하지만 그런 페이도 어느새 은행의 누님처럼 옷을 갈아입은 세희의 말에 아야에게 잡아당겨져 뒤로 물러나야 했다.

"키이잉? 울 자기는 내 아빠거든? 누구 허락받고 그런 말하는 거야?!"

페이가 도끼눈을 뜨고 노려보는 건 관심도 없는지 아야는 꼬리를 붉게 물들이며 바짝 세우고서는 팔짱을 끼며 시비 걸듯 외쳤다.

"그리고! 자기야! 내가 울 자기 사랑하는 거 알지? 아빠로서도 남자로서도!"

하지만 안색이 붉고 그 목소리가 달아올라 있다는 것을 내가 모를 리가 없다. 나와 아야 역시 통로가 이어져 있으니까.

아야의 감정은 정렬적인 여인의 그것이었다. 유혹하는 연인을 보는 듯했다. 문을 두드리지는 않는다. 그저 앞에서 매혹적인 미소와 눈빛과 교태와 애교와 자태로 나를 유혹할 뿐이었다.

그 유혹은 너무나 강렬했지만, 나는 버틸 수 있었다.

"다음 분."

세희의 말에 아야는 풀이 죽어서 꼬리를 앞으로 돌린 다음

두 팔로 껴안고서는 뒤로 물러났다.

"저기요, 도련님."

그런 아야의 옆에 바둑이가 슬며시 손을 들고 앞으로 나오며 말했다.

"전 사랑이라는 게 뭔지는 잘 모르겠지만……. 그래도 도련님이 좋아요!"

바둑이하고는 통로가 연결이 안 되어 있지만 만약 그렇다 하더라도 나는 이렇게 말할 수 있었을 것 같다.

귀여운 강아지 한 마리가 문 밖에서 뛰어놀고 있네요.

그리고 마지막으로 성의 누나가 입을 열었다.

"그래요. 저도 다른 분들과 같이 성훈을 사랑해요."

그리고 성의 누나는 자신의 말이 부끄러웠는지 얼굴을 붉게 물들이고서 고개를 숙였다. 그 모습이 누나라고 생각할 수 없을 정도로 귀엽다.

하지만 내가 느끼는 성의 누나의 감정은…….

삼라만상이었다.

아니, 어, 응. 뭐라고 말을 해야 할지 모르겠는데, 정말로 그랬다. 내가 느낀 건 성의 누나의 감정뿐이었지만 그것만으로도 커다란 깨달음을 얻을 것 같았다.

진리. 평생을 공부해도 찾지 못할 수 있는 진리가 바로 이 앞에 있다. 나는 세상의 진리를…….

"그러면 모두 확인도 했으니 감정의 연결을 닫아 두겠습니다. 필요한 것은 여러분들의 요력뿐이고, 만약 도련님이 해탈이라도 하면 여러모로 곤란할 테니까요. 또한 여러분들께서 주인님께 과도한 영향을 받는 것도 곤란하고 말이죠."

그 말과 함께 나와 아이들이 이어져 있던 통로를 통해서 주고받던 감정이 사라지는 것이 느껴졌다. 그제야 나는 거대한 진리에서 벗어날 수 있었다.

하지만 그것은 다른 말로 하면, 아이들과 교류하던 감정이 사라졌다는 것을 뜻한다. 그 사실에 조금 씁쓸해하고 있자니 성의 누나가 말했다.

"그래요. 성훈은 정말 많은 사랑을 받고 있네요. 제가 사랑하는 사람이 사랑받는다는 건, 기분 좋은 일이었어요. 고마워요, 성훈. 새로운 걸 가르쳐 줘서요."

성의 누나의 말에 부서진 심장이 멈췄다.

부서진 심장 조각이 성의 누나의 말을 부정하라 외친다.

아니야. 그럴 리가 없어. 그러면 안 돼. 그래서는 안 돼. 그렇게 되면 내 안에서 성의 누나와 나래를 비교해 버리잖아.

내게 있어 너무나 소중했던 사람이 날 떠난 이유가…….

잠깐. 잠깐만. 잠깐 기다려 봐. 지금 전혀 생각하지 못했던 사실을 깨달은 것 같아.

그러니까, 나래가

"성훈아!!"

"어, 어?"

정신이 들고 보니 랑이가 바로 앞에서 고개를 들어 절박한 눈매로 나를 올려다보고 있었다.

"괜찮으냐? 정신이 들었느냐?!"

"가, 갑자기 왜 그래?"

나는 깜짝 놀라 주위를 둘러보았다. 그리고 나는 뭔가 이상하다는 것을 깨달았다.

왜 이러지?

랑이뿐만이 아니다. 치이, 페이, 아야, 바둑이가 나를 걱정스럽게 보고 있다. 냥이는 한숨으로 보이는 담배 연기를 내뱉고 있고 세희는 인상을 찌푸리고 있다. 그중, 유일하게 다른 느낌으로 나를 보고 있는 것은 성의 누나였다.

"그래요. 역시 그런 거였네요. 알겠어요."

성의 누나는 혼자서 뭔가 확신했다는 듯 말했다.

"그렇다면 요술도 성공했고 당신들의 시도 또한 실패했으니 지금 당장이라도……."

성의 누나가 뭔가를 말하려고 할 때.

랑이가 다급하게 외쳤다.

"자, 잠깐! 그보다 우리 놀러 가자꾸나!"

"꺅!"

그 소리가 얼마나 큰지 성의 누나가 깜짝 놀라며 내게 안겨들었다.

그리고 잊지 말아야 할 사실 하나.

성의 누나는 보기보다 글래머다. 지금처럼 밀착하면 여러 가지로 곤란해진다고.

[……우리 어른으로 만들어 주기. 급한 것 같음.]

"내가 왜 그런 귀찮은 짓을 해야 하느냐."

[돈은 충분히 있음. 부적 팔기.]

"호오, 그래. 얼마나 알아보고 왔느냐."

[지금 팔면 현 시세의 두 배까지 낼 생각 있음.]

"그래. 오랜만에 용돈 벌이나 해 보자꾸나."

그리고 검은 두 녀석이 이상한 소리를 하기 시작했다. 나는 일단 진정한 것처럼 보이는 성의 누나를 살짝 떨어뜨려 놓은 뒤, 요술로 꺼낸 검은색 가방을 냥이에게 건네주려고 하는 페이의 손목을 잡았다.

"사지 마, 인마."

[이 모든 게 성훈을 위한 일임.]

"지금으로도 충분히 괜찮으니까……."

내 말에 페이가 나에게 잡힌 손목을 풀며 글을 썼다.

[표정이 아니었음.]

……내가 성의 누나에게 안겨서 헤롱헤롱하는 모습이 그렇게 안 좋게 보였나.

하지만 너도 지금 그렇게 좋은 표정은 아닌데 말이다. 마치…… 연극을 하는 것같이 말이야.

"나, 나 분명히 말했느니라. 노, 놀러 가자고……. 내 이야기를 들어주거라."

……그런 거에 신경 쓰는 것보다는 자기 말이 무시당했다고 생각해서 풀이 죽은 랑이를 달래는 게 먼저일 것 같다. 내가 눈썰미가 좋은 것도 아니고 남의 마음 같은 걸 알 리가 없잖아?

"랑이. 왜 그런 말을 하나요? 당신의 시도는 실패했고, 준비는 이미 끝난 거 아니었나요?"

하지만 나보다 먼저 성의 누나가 랑이에게 말을 걸었다.

"그렇느니라. 하지만…… 그 전에 그래도 한 번 더 하고 싶은 것이 있다."

랑이는 성의 누나를 똑바로 바라보며 말을 이었다.

"네 계획을 반대하는 건 아니니라. 하지만, 그래도, 그래도 이대로 네 뜻을 따르는 건 포기하는 것 같아서 싫으니라."

랑이는 나를 힐끗 훔쳐보고는 성의 누나에게 말했다.

"나는 성훈이를 위해 최선을 다하고 싶으니라."

"그래요. 그렇다면 잠깐 이야기를 들어 볼게요."

성의 누나의 긍정적인 대답에 랑이는 성의 누나와 아이들을 데리고 방구석으로 걸어갔다. 다들 의아해하면서도 랑이의 뜻대로 구석에 모여서 모퉁이를 바라보며 수군수군 뭔가 비밀 이야기를 나눴다. 그리고서는 뭔가 찬반 투표 같은 게 열렸는지, 랑이와 치이는 손을 들었고 아야와 페이는 가만히 있었다. 그 모습을 보고서 성의 누나는 잠시 생각에 잠겼다가 랑이에게 뭔가 이야기를 했다. 랑이와 치이의 표정이 밝아졌고 아야와 페이는 못마땅해하는 것 같지만 서로를 바라보고 한숨을 쉬고서는 어깨를 으쓱했다. 그 모습을 보고 랑이는 성의 누나에게 꾸벅 고개를 숙이며 이제야 겨우 내게도 들릴 만한 목소리로 말했다.

"고맙느니라."

"아니요. 만약 이것으로 해결된다면 저한테도 좋은 일이니까요."

무슨 이야기를 나눴는지 궁금해지지만, 소녀들의 비밀 이야기를 물어봤다가는 좋지 않은 소리만 가득 듣겠지.

그래서 나는 성의 누나와 아이들이 다시 돌아온 후, 랑이의 머리에 툭, 손을 올리고서는 아무것도 못 봤다는 듯이 말했다.

"그래, 어디로 가고 싶은데?"

내가 관심을 가지자 랑이가 비장한 표정을 지으며 말했다.

"산이니라! 다 같이 산으로 소풍 가는 것이니라!"

……왜 그걸 사람 하나 잡을 것 같은 표정을 지으면서 말하냐.

"갑자기 웬 소풍?"

"그동안 집에 틀어박혀서 어디 나가 놀지도 못하지 않았느냐? 그러니까 우리 함께 단풍 구경을 가는 것이니라! 어떠하느냐? 좋은 생각 아니느냐?"

확실히 가을하면 단풍 구경이긴 하지. 아니면 밤이나 고구마를 구워 먹는다거나. 밤에 바비큐 파티를 열면 또 이렇게 좋은 계절이 없다. 예전에 어렸을 때 나래에게 초대받은 적이 있어서 알거든.

하지만 왜 하필 지금?

"그래요. 그것도 나쁘지 않겠네요."

"그런 거예요! 가을에는 역시 단풍 구경인 거예요!"

[……놀러 가는 것 자체는 좋음.]

"키이잉……. 저 밥보가 가자고 하는데 어쩌겠어."

지원 사격 때문에 물어볼 수는 없지만.

"그래."

좋게 생각하자.

랑이 말대로 요괴의 왕이 된 다음에는 집 안에서만 틀어박혀 지냈다. 이 기회에 단풍 구경을 하면서 운동도 하고 잠시 쉬는 것도 좋겠지.

* * *

그렇게 시작된 가을 산행. 가장 앞에는 치이와 페이, 그리고 그 뒤를 아야, 나, 랑이가, 그리고 마지막으로 성의 누나와 세희와 냥이가 걷고 있다.

바둑이? 바둑이는 집 지켜야지.

어쨌든 산길은 그렇게 가파르지 않고 길도 의외로 잘 정돈되어서 산행은 그리 힘들지 않았다. 머리 위를 뒤덮은 가을 단풍이 아름답기도 하고, 아이들이 뛰어노는 모습을 지켜보며, 그리고 같이 장난도 치며 느긋하게 걷는 것도 그 이유 중

하나일 것이다.

그런데 아야는 낙엽 속에 들어가서 뭘 하려는 거지.

"키히힝~! 받아 봐, 자기야!"

아야가 떨어진 단풍잎을 두 손으로 잡아서 내게 던진다. 옛날에 본 TV CF의 한 장면 같았지만 다른 게 있다면.

"키이잉?!"

지금 바람이 역풍이라는 거지.

"깅! 킹!"

아야는 자기가 던진 단풍잎을 자기가 그대로 뒤집어쓰고 말았다. 연한 금발 같은 머리카락에 달라붙은 붉은 단풍잎이 장식처럼 어울린다. 입에 들어간 단풍잎을 킹킹거리며 뱉어 내는 모습은 귀엽기까지 하다. 하지만 지금 그런 말을 했다가는 불벼락이 떨어지지 않을까.

"나이도 많은 것이 귀여운 척하는 게 꼴사납구나."

그리고 지금 이곳에는 그런 것 따위를 신경 쓰지 않는 녀석이 하나 있다. 냥이의 핀잔에 아야는 꼬리를 붉게 물들이며 화를 냈다.

"무슨 소리야, 흑호님! 난 그렇게 나이 안 많다고!"

그렇게 기를 써서 반박을 하지만……. 실제로 우리 집에서 가장 나이가 많은 건 랑이와 냥이다. 그다음은 나이에 대해 말할 수 없는 그 분. 그리고 네 번째가 2천 살이 넘은 아야다.

그 사실을 아야도 깨달았는지, 내 옆에서 같이 걷고 있다는 사실만으로 헤헤헤~ 웃고 있는 랑이를 손가락으로 가리키며 말했다.

“그리고 귀여운 척은 저 밥보가…….”

“흰둥이는 귀여운 거지 귀여운 척을 하는 게 아니니라!”

아, 그건 동감.

“으냐앗! 둘이 싸우면 안 되느니라!”

태생이 귀여운 랑이가 아야와 냥이의 사이에 끼어들어 팔로 X자를 그리며 싸움을 중재했다. 사실 싸운다고 할 것도 없지만 랑이에게는 그렇게 보인 것 같다.

“몇 번이나 다시 말하지만, 다들 이제 우리 가족이니까 사이좋게 지내야 하는 것이니라! 알겠느냐?”

랑이가 우리 집의 안주인다운 말을 하자 냥이는 담뱃대를 입에 물고 고개를 돌렸고 아야는 꼬리로 입가를 가리며 툴툴댔다.

“키이잉……. 틀린 말은 아니지만 밥보가 말하니까 왠지 화나.”

못 말리겠네. 나는 피식 웃으며 아야에게 손을 내밀었다.

“화내지 말고, 자. 손잡고 가자.”

그 말에 아야는 감정이 다 풀린 것 같다.

“키히힝~.”

꼬리를 살랑살랑하면서 내 손을 잡아 왔으니까.

“으냐아……. 착한 일은 내가 했는데…….”

손이 두 개라서 다행이군.

하지만.

나는 집에서 나온 이후부터 계속해서 이상한 기분을 느끼고 있다. 어딘가 아이들의 모습이 일부러 밝아 보이려고 연기하는 것같이 보인다는 생각이 계속해서 든다.

……기분 탓이겠지. 자신을 중심에 두고 생각하기 때문에 그런 거다. 나는 그런 생각을 무시하기로 했다.

걸음을 멈춘 것은 산속에 있는 정자를 발견하고 나서였다. 정자 자체는 아직 사람이 쉴 수 있어 보였지만 관리를 안 하고 있는지 꽤나 더러웠다.

그리고 세희가 앞으로 나섰다.

"잠시만 기다려 주시지요."

세희는 소매에서 빗자루와 걸레를 꺼내 순식간에 정자를 깨끗하게 청소했다. 저 청소 실력은 정말 볼 때마다 놀란다.

청소를 끝낸 세희는 다시 소매에서 돗자리를 꺼내 정자 위에 깔고서는 그 위에 앉았다.

그러면 올라오느라 힘들었으니 나도 잠깐 쉴까. 나는 돗자리에 엉덩이를…….

"오라버니. 단풍이 아주아주 예쁜 거예요."

[어디선가 더덕 냄새 남. 더덕 몸에 좋음.]

"성훈아! 저기 밤나무가 있느니라! 밤 주우러 가자꾸나!"

"키히힝~. 자기야, 우리 같이 계곡 구경 가자!"

……그래. 쉬기는 누가 쉬냐. 나는 엉거주춤한 자세에서 다

시 몸을 바로 세우고 아이들이 부른 곳으로 따라가려 했다. 하지만 그 전에.

“같이 갈래?”

나는 뒤를 돌아보며 물어 보았다.

성의 누나는 고개를 가로저으며 말했다.

“저는 세희와 할 준비가 있어요. 걱정 마시고 다녀오세요.”

세희와 할 준비라. 그러고 보니 성의 누나는 산에 올라올 때도 뒤에서 세희와 뭔가 이야기를 나누고 있었지. 목소리가 작고, 아이들에게 신경 쓰느라 잘 못 들었지만.

도대체 뭐지? 하지만 성의 누나와 세희는 말해 줄 것 같은 분위기가 아니다.

그래서 나는 성린을 보았다. 성린은 조금 아쉬워하는 티를 내며 말했다.

“난 엄마 도와줘야 해.”

“그래? 그러면 나중에 같이 놀자.”

그리고 마지막으로 나는 물어보지 않아도 되는 녀석에게 말했다.

“넌?”

냥이는 꼬리에서 부적을 잔뜩 꺼내면서 내게 말했다.

“꺼져라. 네놈 때문에 바쁘느니라.”

봐봐. 걱정할 필요 없지.

정자에서 나온 나를 맞이한 것은 반짝반짝 빛나는 각자 다른 색 네 쌍의 눈동자였다.

"성훈인 이제 나하고 밤 주우러 갈 것이니라!"

"아우우우, 가을 산에 와서 단풍 구경 안 하고 무슨 밤인 거예요? 그렇죠, 오라버니?"

[지금 중요한 건 그 밤이 아닌 다른 밤임. 밤을 위해서 정기 보충 필요. 뭐라고 할 수 없는데 더덕이 참 좋음. 남자에게 참 좋음.]

"뭐래, 이 변태 까마귀야? 울 자기는 나하고 같이 계곡 구경 갈 거거든? 그렇지, 자기야?"

이런 상황에서 나는 어떻게 해야 할까요?

"……그냥 다 같이 놀면 안 될까?"

"안 되느니라!"

"안 되는 거예요!"

[절대 거부.]

"절대 싫어, 이 우유부단아!"

……어째서인지 모르겠지만, 다들 한 치도 자기 의견을 양보할 생각이 없는 것 같다.

"아니, 왜……. 평소처럼 다 같이 놀아도 되잖아."

페이가 딱 잘라 글을 썼다.

[이번만은 안 됨.]

"그런 거예요. 우리 중 한 명하고만 같이 노는 거예요."

"키이잉! 그런 거니까 다른 말은 하지 마!"

"그렇느니라! 그래야 강렬하게아얏!"

랑이가 말을 하는 도중에 치이와 페이와 아야에게 꼬집히는 바람에 이상한 소리를 내며 제자리에서 펄쩍 뛰었다.

랑이는 땅에 내려와서는 평소보다 통통해진 꼬리를 손으로 매만지며 가해자들에게 화를 내려고 했지만.

"무슨…… 아."

도끼눈을 한 채로 자신을 보는 치이와 페이와 아야를 보고 뭔가를 깨달았는지 살며시 입을 다물었다.

"헤헤헷, 아무것도 아니니라. 그러니까 한 명만 골라서 같이 노는 것이니라."

어설프게 웃는 랑이를 보니까 분명 뭔가가 있긴 있는 것 같다.

1. 랑이. 2. 치이. 3. 페이. 4. 아야.

사자 택일이구나.

그렇다면 고민할 필요가 없다.

랑이하고 같이 가야겠지.

아이들이 성의 누나와 세희하고 뭔가 꾸미고 있다는 사실은 알겠다. 그런데 그게 뭔지는 몰라. 그렇다면 무슨 수를 꾸미고 있는지 가장 알아내기 쉬운 아이하고 같이 놀러 가야 하는 거 아니겠어?

……만약 이런 의도만 있다면 엄청 쓰레기 같은 생각 같지만 순수하게 랑이하고 놀고 싶은 마음도 있다.

이것이야말로 꿩 먹고 알 먹고라는 거겠지. 그런 생각을 하며 랑이에게 말하려는 순간. 나는 랑이의 표정이 진지하다는 것을 깨달을 수 있었다. 말은 하지 않고 있지만 알 수 있었다.

그런 이유로 자신과 같이 놀겠다고 말하지 말라고. 그런 이유로 자신을 선택하지 말라고.

그렇기에 나는 고개를 끄덕이고 말했다.

"랑이야, 같이 가자."

"응!"

그제야 랑이가 환한 웃음을 지으며 내게 달라붙었다.

"아우우우……. 오라버니는 언제나 랑이 님, 랑이 님 하는 거예요."

[정실부인이라는 거임. 이건 어쩔 수 없음. 우린 세컨.]

"키이이잉~! 울 자기는 딸 사랑이라는 말도 모르는 거야?!"

치이와 페이와 아야가 불만을 말하지만 어디까지나 아쉽다는 느낌이지 화가 난 것 같지는 않다. 그랬다면 아이들이 이런 말을 할 리가 없으니까.

"맘대로 해, 이 밥보야. 아빠 곤란하게 하지 않는 선에서."

"오라버니를 부탁드리는 거예요."

[억지는 부리지 말기.]

"응! 알겠느니라!"

……너희들까지 도대체 뭘 꾸미고 있는 거냐.

랑이의 손을 잡고 끌려가듯 산의 안쪽을 향해 걸어간다. 땅에 떨어진 낙엽을 밟을 때마다 바스락바스락 소리가 난다.

산바람이라도 불어오면 낙엽이 흩날리며 떨어진다. 완연한 가을이다.

"응! 여기이니라!"

랑이가 걸음을 멈췄다. 랑이가 밤을 주우러 오자고 할 만큼 떨어진 밤송이만큼 나무에 열린 수가 있었다.

저 높이.

어디서 막대라도 구해 와야 하나.

"그러면 내가 떨어뜨릴 테니 잘 받거라!"

지금 밤을 떨어뜨린다고?!

하지 말라는 말이 입 밖으로 나오기도 전에 랑이는 자기 키보다 몇십 배는 높이 뛰어올랐다. 밤나무의 바로 아래까지 뛰어오른 랑이가 팔을 호랑이의 그것으로 변화시킨 다음 공중에서 휘두르자, 후드득 소리가 나며 밤송이가 땅으로 떨어지기 시작했다.

아, 이렇게 말하면 지금 내 상황이 잘 이해가 안 되겠지.

날카로운 가시를 달고 있는 밤송이가 아무런 대비책도 없이 무방비로 있던 나를 향해 쏟아져 내렸다.

"우아아앗?!"

나는 깜짝 놀라서 잽싸게 뒤를 향해 몸을 날렸다. 조금 전까지만 해도 내가 서 있던 자리에 밤송이가 투두둑 떨어져 내려 밑에 깔려 있던 낙엽에 수많은 구멍을 냈다. 저런 게 머리 위로 떨어졌으면…….

히이이익! 생각만 해도 무섭네.

"아."

내 추태를 보고서야 자신이 무슨 짓을 했는지 깨달은 랑이가 급히 내게 달려왔다.

"성훈아, 괜찮느냐? 어디 다치지 않았느냐?"

얼굴이 새파랗게 질린 게 깜짝 놀란 것 같다. 내게 위기 회피 능력이라고 할까, 반사 신경이 어느 정도 있어서 다행이다. 밤송이를 못 피했으면 아픈 것도 아픈 거였겠지만 랑이가 지금보다 더 자신의 탓을 하며 미안해했을 테니까.

"응. 괜찮아. 다 피했다."

사실대로 말했지만 랑이의 표정은 밝아지지 않았다. 어쩔 수 없네.

"어때? 대단하지?"

"으냐아?"

"그 많은 밤송이를 하나도 맞지 않고 피한 거다, 네 낭군님이. 대단하지 않아?"

나는 허리에 손을 올리고 재수 없어 보일 정도로 있는 힘껏 콧대를 높이며 잘난 척을 했다.

"응! 대단하느니라! 우리 낭군님은 정말정말 대단하느니라!"

다행인 것은 그게 먹혔다는 거지. 만약 랑이가 전처럼 싸늘한 눈을 하면서, "성훈아, 아무리 그래도 그건 아닌 것 같으니라." 같은 말을 했으면 마음에 상처를 입었을 거야.

"자, 그러면 랑이가 떨어뜨려 준 밤을 까 볼까?"

"응!"

나는 근처에 굴러다니는 나뭇가지를 하나 손에 쥐고서 밤을 두 발로 밟았다. 그리고 조심조심하며 발을 움직여서 밤송이가 열리도록 만든 다음에 나뭇가지를 움직여 알맹이를 쏘옥 빼냈다. 꽤나 알찬데?

손에 쥐고서 이리저리 돌려 보고 있는데 랑이가 고개를 갸우뚱거리며 나를 보고 있었다. 왜 그러지? 밤을 까 본 적 없는 건가?

"왜 그래?"

"성훈아."

"응."

"지금 어떻게 한 거느냐?"

……내 예상이 맞은 것 같다.

"밤 까는 방법 몰라?"

랑이가 고개를 저었다.

"알고 있느니라! 하지만 성훈이가 까는 법하고는 달라서 묻는 것이니라."

"넌 어떻게 하는데?"

"잘 보거라."

랑이는 흥흥 하고 콧김을 내쉰 다음에……. 다시금 두 팔을 호랑이의 그것으로 변화시켰다. 나는 그것만으로도 랑이가 어떻게 밤을 까는지 알 수 있었다. 이제 저 손으로 밤송이를 잡아서 까겠지.

"이렇게 손이 안 아프게 잡은 다음에."

내 예상대로 랑이는 밤송이를 한 손으로 잡았다.

"이렇게 하는 것이니라!"

그리고 내 예상과는 조금 다른 방법을 내게 보여 줬다. 랑이는 밤송이를 살짝 위로 던졌고, 다른 호랑이 손을 흰색 윤곽이 보일 정도로 빠르게 움직인 것이다. 그러자 밤송이는 후두두둑 갈라지면서 랑이의 손에는 껍질까지 벗겨진 알밤이 들어왔다.

"어떠하느냐?"

……어, 그래. 정말…… 쓸데없이 굉장한 기술이구나. 밤송이를 벗기는 것과 동시에 껍질까지 까다니. 종갓집 며느리로 들어가면 환영받겠네.

"대단하네."

대단한 건 대단한 것이기에 나는 순수하게 칭찬했다. 랑이는 엣헴, 하고 어깨를 펴며 밤 하나를 내게 내밀었다.

"하나씩 먹자꾸나."

"그럴까."

밤은 익혀 먹어도 맛있지만 날밤으로 먹어도 맛있다. 나는 밤을 받아 들고서 벌레 먹은 부분이 없는 것을 확인했다. 어렸을 때, 아무것도 모르고 동생들에게 밤을 받아서 먹었다가 안에서 자신의 몸을 찾는 벌레를 본 적이 있거든. 다행히 랑이가 준 밤은 이상이 없었다.

나는 밤을 잘라 먹었고, 그 모습을 지켜보던 랑이가 말했다.

"어떠하느냐, 성훈아."

"응? 맛있는데?"

아작아작하며 밤을 씹어 먹고 있자니 랑이가 고개를 흔들었다.

"아니, 그런 것이 아니니라."

랑이가 뒤로 뒷짐을 지고서 로맨스 영화 속의 새침데기 아가씨처럼 살포시 몸을 돌렸다.

랑이는 그렇게 아무 말도 하지 않았다. 하지만 그 등은 내게 수많은 말을 하고 있다.

망설임.

슬픔.

안타까움.

그리고…… 각오.

오랜 시간을 두어 각오를 마친 랑이가 내게 말했다.

"따가운 가시를 벗기지 않으면 그렇게 맛있는 밤을 먹지 못하느니라."

"그렇지."

나는 눈치를 챌 수 있었다. 이 녀석, 아직도 나를 걱정하는구나. 그래서 일부러 나를 이곳에 데려온 거다.

그렇지 않다면 이런 소리를 할 리가 없다.

"그렇기에 나는 성훈이의 가시를 벗기고 싶다."

……그렇지 않다면 이런 소리를 할 리가 없다.

"무슨 소리야?"

"지금의 성훈이는 가시가 돋쳐 있느니라."

랑이는 먼 곳을 바라보며 말을 이었다.

"나는 성훈이의 가시를 본 건, 이번이 처음이었느니라. 전에도 화를 낸 적은 있지만, 지금처럼 가시를 돋치고 나를 거부한 것은 이번이 처음이었느니라."

"나는 그런 적 없는데."

"성훈아. 거짓말은 하지 말거라. 너와 내가 연결되었을 때, 너만 내 마음을 느꼈을 것 같으냐?"

심연을 엿보는 자, 심연 또한 너를 엿보고 있다는 것을 잊지 말라는 유명한 문구가 떠올랐다.

나는 할 말이 없었고 랑이의 등은 평소보다 너무나 작아 보였다.

"하지만 이해하느니라. 네가 자신의 마음을 모를 수도 있느니라. 나도 처음에는 너를 사랑하는 마음을 깨닫지 못한 적이 있었지 않느냐?"

나는 저물어 가는 석양을 등지고 내게 자신의 감정을 물어보던 랑이가 떠올랐다.

그때와는 비교도 안 되게 어른스러워진 랑이가 말했다.

"성훈이도 지금 그때의 나와 같을 것이니라. 왜냐하면 성훈이가 지금처럼 사람을 거부한 것은 처음이라 알고 있으니 말이다."

아니다.

나는 그 말이 입에서 튀어나오지 않기 위해 애썼다. 랑이는 모르겠지만 나는 아직 기억하고 있다. 내가 사람을 거부했던 때를. 그 어린 시절을 어떻게 잊을 수 있을까.

"아니다."

그런데 내가 실수로 생각을 말하기라도 했을까. 랑이는 고개를 가로저었다. 자랑인 꼬리와 귀가 추욱 내려가 있다.

"미안하느니라. 성훈이가 방 안에서 나오지 않았을 때, 나래에게 모두 들었느니라. 모두, 모두 들었느니라. 너와 나래 사이에 어떤 일이 있었는지."

……그랬나. 하지만 나는 아무렇지 않다.

"괜찮아. 미안해할 거 없어."

이미 그건 누구에게도 말하고 싶지 않았던 나만의 소중한 추억이 아니게 되었으니까.

"어쨌든 그러면 알겠네. 지금 내가 괜찮……."

"아니다."

랑이가 두 주먹을 쥐고서 고개를 숙이며 다시금 부정했다.

"어렸을 때의 성훈은 지금과 다르다. 그때의 너는……."

너무나 작은 그 주먹이 떨린다.

"자신을 사랑해 달라고 울부짖었던 것이었다."

그런 기억은 없다.

"하지만, 하지만 지금은 다르느니라!"

다시 몸을 돌린 랑이는 울 것 같은 표정이면서도 열심히 힘내서 눈물을 참고 있었다.

"울지도 않고! 아파하지도 않고! 괜찮다고 말하는 너는! 마음이 텅 빈 너는! 웃는 얼굴, 화난 얼굴, 곤란한 얼굴! 그 모든 것을 만들어 붙인 것 같은 너는! 어린 시절의 너와 다르다! 전혀 다르단 말이다!"

왜 그렇게 나를 보니, 랑이야.

"무엇이 너를 그렇게 상처 입혔느냐? 무엇이 너를 그렇게 아파하게 만들었느냐? 무엇이 너를 그렇게 텅 비게 만들었느냐? 무엇이 너를 포기하게 만들었느냐? 무엇이 그리 두려워 단단한 껍질만을 남기고 사라졌느냐? 도대체 무엇 때문에 너는 가시를 돋치고 우리를 거부하느냐?!"

거의 울부짖듯이 소리치는 랑이를 보면서, 나는 놀랍게도, 아주 놀랍게도, 아무런 느낌도 들지 않았다.

평온하다. 평소와 같았다. 감정의 흔들림이 없다. 그저, 랑이는 왜 나에게 이런 소리를 하는지 모르겠다는 생각만이 들 뿐.

"내가 어떻게 해야 너를 도와줄 수 있겠느냐!"

내게 손을 내밀며 도와달라고 말하라고 외치는 랑이에게.

나는 아무런 감정의 기복도 느끼지 못했다.

"괜찮아, 랑이야."

나는 미소를 지었다. 일부러 머리를 긁적였다.

"랑이가 오해하고 있는 거야. 랑이가 도와줄 만한 일은 아무것도 없는걸."

그 말에.

"아……."

랑이의 얼굴에 아주 잠시, 절망이 드리워졌다. 주르륵, 한 줄기 눈물이 흘러내렸다. 하지만 그것은 랑이가 고개를 흔드는 것으로 사라졌다. 랑이는 평소와 같은 모습, 평소와 같은 표정, 평소와 같은 목소리로 말했다.

"성훈아. 그거 아느냐?"

"응?"

"성훈이는 나와 검둥이와 세희와 치이와 페이와 아야에게 정말 많은 것을 해 준 것을, 알고 있느냐?"

"다른 녀석들은 몰라도 세희와 냥이는 빼도 될 것 같은데."

"으응. 아니니라."

랑이는 고개를 저었다.

"너는 알게 모르게 검둥이와 세희에게도 많은 선물을 주었느니라."

랑이가 그렇게 말하는데 아니라고 하기도 그렇다. 나는 입을 다물어서 침묵으로 긍정의 뜻을 전했다.

"너는 언제나 우리를 위해 애써 왔다. 너는 자기 자신을 위한 일이었다고 말할지도 모르겠지만, 우리는 너로 인해 구원받았다. 너로 인해 행복해질 수 있었다."

낯부끄러운 소리를 아무렇지 않게 하는 랑이 때문에 내 얼굴이 살짝 붉어질 것 같았다.

"그러니 이번에는 우리가 너를 구해 주고 싶었다. 하지만……."

랑이가 말했다.

"우리를 구원해 준 소중한 임을 어떤 이유로든 아프게 할 수 없다는 것을 깨달았다."

그리고 내 시야에, 랑이의 불끈 쥔 주먹 아래로 흐르는 붉은 피가 들어왔다.

"잠깐, 랑이야! 너, 손!"

나는 깜짝 놀라서 랑이의 손을 잡으려고 했다. 하지만 랑이는 내 손을 피해 한 발자국 뒤로 물러섰다.

"하지만, 그럼에도 우리는 너를 구하고 싶다. 나는, 검둥이는, 세희는, 치이는, 페이는, 아야는, 바둑이는, 성의는, 모두 너를 구하고 싶어 한다. 그렇기에……."

랑이는 각오를 다진 얼굴로 그렇게 말했다.

"하거라, 성의야."

"그래요. 고생했어요, 랑이."

아무것도 없는 곳에서 성의 누나가 성린과 함께 나타났다. 워낙 이런 경험이 많은 나는 당황하지 않고 지금 가장 먼저 해야 할 일을 말했다.

"아니, 그보다 성의 누나! 랑이가 다쳤어요!"

성의 누나가 랑이를 향해 시선을 돌렸다. 랑이는 자신의 손을 펴 보았다. 그곳에는 핏자국만이 남아 있을 뿐, 상처 같은 것은 보이지 않았다.

역시 대요괴라는 건가. 나는 안도의 한숨을 쉬었다.

"휴~. 다행이네. 걱정했잖아, 랑이야."

그런데 뭔가 분위기가 이상하다. 랑이와 성의 누나는 나를 슬픈 눈으로 바라보다, 서로를 향해 고개를 돌릴 뿐이다.

"빨리 하거라. 네 입으로 말하지 않았느냐. 시간을 끌면 끌수록…… 안 좋아진다고."

"그래요. 저도…… 아직 마음의 준비가 안 됐나 보네요."

성의 누나는 쓴웃음을 짓고는 랑이에게 말했다.

"미안해요. 하지만 이건 저의 역할이라고 생각하고 있어요. 당신들은 너무나 착하고…… 여린걸요."

"혼자서 짐을 짊어질 생각은 말거라."

"그래요. 랑이는 상냥하군요. 성훈의 첫 번째 아내다워요."

성의 누나는 사랑이 가득 담긴 눈으로 랑이를 바라본 뒤, 이야기를 따라갈 수 없어 멍하니 있던 내 손을 잡았다.

"그럼 갈까요, 성훈 씨?"

"어, 어?"

갑자기 무슨 일이냐고 묻기도 전에 성의 누나는 나를 공주님처럼 '안고' 나무 위를 날아 산으로 올라갔다. 이런 일이 한두 번 있던 일도 아니기에 그리 꺼림칙하지는 않았지만.

"아빠, 약골."

랑이보다도 작은 아이가 성의 누나의 뒤를 따라 나무 사이를 훨훨 날아다니면서 그런 소리를 하는 걸 듣고 있자니 조금은 마음이 상했다.

나는 약골이 아니야. 내 주위에 인간이 없어서 약해 보일 뿐.

"그보다 갑자기……."

"성훈."

성의 누나가 내 말을 잘랐다.

"나중에 설명해 줄 테니까 지금은 일단 뒤를 돌아보세요. 놓치면 아까운 경관이네요."

착한 어린이인 성훈은 뒤를 돌아보았습니다.

"호오……."

나도 모르게 감탄이 나왔다.

내 시선을 가을 산의 정취가 가득 채웠다.

산속에서 올려다본 것과는 다르다.

푸른 하늘 아래 온 세상이 오색 단풍으로 물들어 있다. 붉고 푸르며 노랗고 하얗다. 간간이 보이는 녹색과 검은색, 그 모든 것이 하나로 이루어져 내 시선을 강탈한다.

단풍으로 새 단장을 한 새색시가, 불어오는 바람에 살포시 불을 붉힌다.

아름답다.

너무나 아름다워서 순간적으로 아무런 생각이 들지 않았다. 그저 마음이……. 저리다.

왜일까. 왜 이렇게 마음이 아플까.

단풍이기 때문일까. 저 아름다운 것들이 낙엽이 될 것이라는 사실을 알고 있기 때문일까. 저 아름다움이 영원하지 않을 거라는 것을 알고 있기 때문일까.

"아름답죠?"

성의 누나의 말에 나는 고개를 돌리고 눈을 감았다.

"그래."

"하지만 순간이죠."

나는 그 말에 눈을 뜨고 성의 누나를 올려다보았다. 성의 누나는 나를 보고 있지 않았다. 그저 정면을 바라보며 계속해서 나무를 뛰어넘고 있었다.

"그래서 좋아해요. 이 순간의 아이들은, 너무나 아름답거든요. 비록 제 아이들이 아닐지라도 말이죠."

성의 누나는 나한테 무슨 말을 하고 싶은 걸까?

"무슨 뜻이야?"

왜 지금 성의 누나가 고개를 갸웃거리는지 내게 설명해 줄 사람?

"좋아한다는 말이었는데요? 다른 뜻이 있었나요?"

그동안 내가 너무 잘 돌아가지도 않는 머리를 굴려야 하는 경우가 많았나 보다.

"아니야. 내 착각이었어."

"그런가요."

성의 누나는 그렇게 말하고는 다시 정면을 바라보았다. 나 역시 그러했고, 성의 누나는 얼마 지나지 않아 산 정상에 도착했다.

산 정상에는 H라는 글자가 돌로 그려져 있었다. 정확히 말하면 헬리콥터가 내려앉을 수 있는 표시겠지.

그곳에 성의 누나는 나를 내려다 놓았고 나는 겨우 두 발로 땅에 설 수 있었다. 뒤이어 조금 늦게 도착한 두 번째 아이가 옆에 내려와서는 살짝 거친 숨을 내쉬며 성의 누나의 옷자락을 잡았다.

성의 누나가 두 번째 아이의 머리를 쓰다듬어 주며 말했다.

"힘들었을 텐데 잘 따라왔어요."

"응."

두 번째 아이가 성의 누나에게 칭찬받았다는 것이 기쁘다는 듯이 고개를 숙이며 얼굴을 붉혔다. 그 모습이 훈훈하고 무언가가 떠오를 것 같기에, 나는 시선을 돌렸다.

가을 산바람이 불어왔다. 시원하네. 머리카락이 제멋대로 날리는 게 좀 신경 쓰이지만 감수할 만하다.

산 중턱에서 본 단풍도 아름다웠지만 산 정상에서 본 단풍도 정말 아름다웠다. 무엇보다 사람이 만든 것은 전혀 보이지 않고 오로지 붉게 물든 산등성이만 보인다는 것이 신기할 따름이다.

"그러면 치료를 할까요."

"……응?"

성의 누나의 이상한 말에 나도 모르게 반문하고 말았다.

"그게 무슨 뜻이야?"

"여기서 성훈을 치료해 줄 거예요."

말만 늘어났다.

"풀어서 설명해 줘. 이왕이면 갑자기 왜 나를 데리고 이곳에 왔는지도."

"말 그대로 성훈을 낫게 해 줄 거예요. 그리고 그건 아직 말해 줄 수 없어요."

낫게 해 준다? 그건 내가 무슨 병이라도 걸린 것 같잖아? 나는 괜찮은데 그게 무슨 소리인지 모르겠다.

그런 생각을 입에 담으려고 할 때.

"어?"

성의 누나가 나를 끌어안았다. 품에서 느껴지는 성의 누나의 온도와 감촉에 지금이 가을이라는 것을 잊을 정도로 몸과 마음이 따듯해지는 것을 느낀다.

"성훈. 전 정말로 당신을 사랑해요."

성의 누나의 목소리는 진심만이 느껴지기에 나는 아무런 말도 할 수 없었다.

"그리고 미안해요. 전 지금부터 당신에게 끔찍한 짓을 할 거예요. 그래야 제 말이 당신의 마음에 닿을 수 있거든요. 안타깝게도 제가 아는 껍질을 깨는 방법은 이런 난폭한 것밖에 없네요."

……응?

"이 일로 저를 미워해도 상관없어요. 미움받을 각오는 이미 하고 있어요. 아니, 저를 미워해 주세요. 당신에게 용서받지 못할 짓을 할 제게 다시는 당신의 웃는 얼굴을 보지 못하게 해 주세요."

성의 누나의 몸을 밀어 지금 무슨 표정을 짓고 있는지 확인하고 싶었지만 그럴 필요가 없었다. 성의 누나가 턱을 기대고 있는 어깨가 축축하게 젖어 왔고, 누나의 몸이 아스라이 떨렸으니까.

성의 누나는 울고 있었다.

"……왜 그래, 누나?"

"미안해요, 미안해요. 하지만……."

성의 누나가 나를 밀었다. 눈물과 콧물로 범벅이 된 성의 누나는 소매로 얼굴을 훔치고서 당황하고 있는 내게 말했다.

"저는 지금의 당신을 도저히 내버려 둘 수 없어요."

성의 누나의 말을 이해하기도 전에, 나는 하늘을 무형의 막이 뒤덮으며 거기에 셀 수 없는 수많은 부적들이 붙는 것을 볼 수 있었다.

나는 경험을 통해 그것이 세희와 냥이가 쓴 요술이며, 지리산의 집에 쳐져 있던 결계와 비슷하다는 것을 알 수 있었다. 그러고 보니 세희 녀석, 날 내쫓은 다음 그 안에서 술을 마셨었지? 냥이는 뭔가 준비할 게 있다고 했고. 그게 이때를 위한 거였나? 도대체 결계를 왜 친 거지?

하지만 그 의문도 이내 벌어진 놀라운 일에 머릿속에서 사라졌다. 무슨 일이 일어났냐고?

세상이 변했다.

조금 전까지만 해도 아름답게 물들어 있던 단풍이 마치 한여름처럼 생명을 되찾아 녹색으로 물들어 간다. 날이 따듯해졌다. 가을이라고 생각할 수 없는 습한 공기와 더위가 느껴진다.

세희와 냥이의 요술로 계절이 변했다고 생각할 수 있겠지만, 아니다. 견우성에서 보낸 시간을 기억하고 있는 나는 알 수 있었다.

이곳이 지구지만, 또한 견우성인 공간이 되었다는 것을.

마치, 지구에 견우성을 덮어 쓴 것처럼 말이야.

"……성의 누나? 이게 뭐야? 도대체 뭘 하려는 거야?"

내 질문에 성의 누나의 분위기가 변했다. 조금 전만 해도 슬픔에 빠져 울먹이는 소녀였던 성의 누나는.

"걱정 마세요, 성훈."

어떤 각오를 굳힌 모습이었다.

"단 한 명의 견우도 제 품에서 잠들지 않았으니까요."

그게 무슨 뜻이냐고 물어보려는 순간.

나는 가슴에 격통을 느끼며 하늘을 날았다.

완벽한 기습이었다.

"커헉?!"

고통에 찬 신음을 토하며 본 것은, 성의 누나가 격투 게임이나 무협 영화에서 나올 것 같은 자세를 잡고서 내 쪽을 향해 주먹을 내지르고 있는 모습이었다. 그 자세가 너무나 깨끗하고 아름다우며 군더더기가 없어서 나는 숨조차 쉴 수 없는 격통 속에 정신을 잃으며 감탄할 수밖에 없었다.

정신이 들었다.

잘 돌아가지 않는 머리로 내가 어쩌다가 정신을 잃었는지 기억을 되살려 보았고, 그 이유가 된 사람이 지금 내게 물을 부었다는 것을 깨닫게 되었다.

나는 몸을 일으키며 소리를 지르려고 했지만, 찾아온 것은 가슴팍의 무자비한 통증이었다.

"끄으윽?!"

숨을 쉬는 것조차 잠시 잊을 정도의 격통에 나는 신음을 흘리고 기침을 할 수밖에 없었다.

"일어나세요, 성훈. 다친 곳은 이미 고쳤어요."

"이게…… 무슨 짓이야, 누나."

그러면서 깨달았다. 성의 누나의 머리카락은 녹색이다. 즉, 평소와 다를 것이 없다는 말. 두 눈동자에 담겨 있는 상냥함도 전과 같다.

다만.

"지금부터 성훈을 치료해 줄 거예요."

치료. 잘은 모르겠지만 아픈 걸 낫게 해 준다는 말이겠지.

"그러니까 아까부터 도대체 뭘 낫게 해 준다는 거야?!"

성의 누나가 자신의 옆에서 약간 겁에 질려 있는 듯한 두 번째 아이의 머리를 쓰다듬으며 말했다.

"성훈은 자기가 정상이라고 생각하고 있죠?"

"그래."

"그런데 저는 성훈이 정상으로 보이지 않아요."

"그래서?"

성의 누나는 보는 내가 마음이 아파지는 괴로운 표정을 지으며 말했다.

"그러니까 성훈도 자신이 비정상이라는 것을 깨닫게 해 줄 거예요."

그게 무슨 억지냐고 말하기도 전에.

"알게 되면 말해 주세요. 저도 성훈을 상처 입히는 건 마음 아프니까요."

성의 누나는 힘차게 왼발로 땅을 딛고, 그것을 축으로 삼아 몸을 회전하며 내 머리를 오른발로 찼다!

말과 행동이 다르잖아!

"히익?!"

나는 급히 고개를 숙였다. 성의 누나의 발차기는 허공을 가르며 마침 떨어져 내리는 나뭇잎을 걷어찼고.

나뭇잎은 그 자리에서 파열됐다.

……뭐지? 지금 내가 뭘 본 거지? 아니, 지금 내가 무슨 일을 겪고 있는 거지?

"날 죽일 셈이야?!"

나는 본능적인 공포에 있는 힘껏 뒤로 엉금엉금 기어가며 소리쳤다.

"아빠, 꼴불견."

지금 맞아 죽게 생겼는데 이것저것 따질 상황이냐?!

내가 죽을 상황에 처하게 만든 성의 누나는 차분하게 내게 말했다.

"괜찮아요, 성훈. 성훈도 반인반선이기 때문에 이 정도론 죽지 않을 거예요. 그러면 **고칠 수 있으니까 괜찮아요.**"

내 입장에서는 죽지 않으니까 OK~ 같은 게 아니다. 아무리 요술로 고칠 수 있다고 해도 아픈 건 아픈 거고, 죽을 것 같은 건 죽을 것 같은 거다.

"안 괜찮아! 전혀 안 괜찮다고!"

"정말인가요?"

"그래!"

성의 누나가 나와 시선을 맞췄다.

그리고 괴로운 한숨을 쉬며 고개를 가로저었다.

"성훈은 지금 거짓말을 하고 있어요."

"아니야!"

"하지만 제 마음이 울리지 않는걸요."

옛날에 들었던 말이지만 그때와 같은 감정은 들지 않는다.

"그러니까 성훈의 껍질을 부숴 줄게요."

성의 누나가 성큼성큼 걸어오며 몸을 앞으로 숙이는 동시에 오른팔을 아래로 내려 내 턱을 노리며 올려쳤다. 저런 걸 그대로 맞고 싶은 생각은 없기에 팔을 교차하며 막아 본다.

성의 누나의 주먹이 닿자 팔이 부서지는 듯한 고통을 느꼈다. 그것만으로 모자라 몸이 뒤로 나뒹군다.

"끄아아아아악!!"

비명을 지르며 산을 타고 구른다. 돌이 온몸을 찌른다. 하지만 그럼에도 팔에서 올라오는 격통은 사라지지 않는다.

하지만 그보다.

"괜찮아요."

나를 걱정하는 마음으로 가득 찬 성의 누나의 목소리가 바로 귓가에서 들리는 것에 공포를 느꼈다.

"낫게 해 줄 테니까요."

성의 누나가 내 몸에 손을 올리는 것과 동시에 팔이 깨끗하게 나았다. 나는 그 사실에 안도감을 느끼기도 전에.

"커헉?!"

이번에는 옆구리에 성의 누나의 주먹이 꽂혔다. 그대로 나는 반대편으로 날아갔다.

"아아아아아아악!!

아프다, 아프다, 아프다. 아파 죽겠다.

죽을 것같이 아프다. 생각해. 생각해라. 지금 이 상황에서 벗어날 수 있는 방법을 생각해라.

왜 성의 누나가 나한테 이런 짓을 하는 거지?

그에 대한 답을 알아채기도 전에 성의 누나의 발이 내 배를 걷어찼다.

나는 비명을 지르지도 못하고 하늘로 날아가 버렸다.

나는 그대로 기절하듯, 다시 한 번 정신을…….

"괜찮아요."

그런 내 귓가에 성의 누나의 목소리가 들리는 것과 동시에.

내 몸은 원래대로 돌아갔다. 고통도 없다. 아무런 상처도 남지 않은 깨끗한 몸으로 돌아왔다.

"성훈은 제가 낫게 해 줄 테니까요."

내가 미칠 것 같은 이유는 그 목소리에 나에 대한 걱정과 염려, 그리고 슬픔만이 가득 차 있다는 것이다.

몇 번이나 죽을 것 같은 고통을 느꼈는지 기억이 나지 않는다. 태양은 이미 산등성이 너머로 숨었고, 나의 이성은 본능 뒤로 숨었다.

살려 달라 빌었다. 의미 없었다.

맞서 싸웠다. 의미 없었다.

도망쳤다. 의미 없었다.

범이를 불렀다. 의미 없었다.

세희를 불렀다. 의미 없었다.

모든 것이 의미 없었다.

그리고 성의 누나……, 아니, 견우성의 의지는 자신의 행동을 멈추지 않았다.

"그만……."

계속해서, 계속된 고통 속에서 내가 낼 수 있는 목소리는 너무나 작았다.

"제발…… 그만해……."

옷은 이미 없다. 이미 다 찢어져 버렸다. 그런데도 웃긴 것은, 내 몸에는 단 하나의 상처도 없다는 거다. 그렇게 고통스러웠는데도 몸에는 상처 하나 없다.

지금이라도 당장 팔팔하게 산을 뛰어 내려갈 수 있을 정도로 괜찮다.

그 점이 나를 미치게 만들 것 같다.

"아니에요."

그리고.

"성훈은 아직 괜찮은걸요."

견우성의 의지가 계속해서 하는 말이 나를 공포에 질리게 만든다.

이대로라면 정말로 미친다. 본능이 경고한다. 이 상황이 지속되면, 그때는 **정말로** 지금까지의 강성훈은 세상에 존재하지 않게 된다고.

그렇기에 나는 울부짖으며 외쳤다.

"난 안 괜찮다고!!"

견우성의 의지가 주먹을 내지르다 멈췄다. 바로 코앞에 견우성의 의지가 내지른 주먹이 멈추고, 그 풍압만으로 나는 허리가 뒤로 젖혀질 뻔했다. 하지만 억지로 참으며 똑바로 그 주먹을 바라보며, 아니, 그 너머의 견우성의 의지를 바라보며 나는 외치듯 말했다.

"미칠 것 같단 말이야! 이미, 이미 미칠 것 같단 말이라고! 도대체 뭐야! 왜 너까지 나한테 이러는 거냐고?!"

수없이 가해진 고통. 나 자신에 대한 자괴감. 견우성의 의지에 대한 증오.

그 모든 감정들이, 내 안의 자물쇠를 완전히 부숴 버렸다.

나는 울부짖으며 소리쳤다.

"도대체 뭐야! 도대체 뭐냐고! 그래, 힘들다! 안 괜찮다! 차라리 뒤져 버리고 싶다! 누나가 바란 게 이런 거였지? 이제 됐어? 이제 됐냐고!"

나는 견우성의 의지가 내뻗은 팔을 쳐 버리고 멱살을 잡았다. 너무나 쉽게. 수없이 맞아 가면서 시도했을 때는 단 한 번도 성공하지 못했건만, 지금은 너무나 쉬웠다.

"그래서, 뭐! 뭐 어쩔 건데! 누나가 뭘 할 수 있다고 나한테 이 지랄이야! 아파서! 아파서 죽을 것 같아서! 현실 도피 좀 하는 게 뭐 어때서 그렇게 다들 지랄이냐고! 너무하잖아! 너무하지 않냐고!! 그냥 좀 가만히 있어 주면 안 돼? 그냥 지켜봐 주는 것만으로도 괜찮잖아! 시간이 지나면 싫어도 알아서 일어날까!"

눈물이 터져 나와서 흐른다.

"알아! 누나가 왜 그랬는지. 안다고! 다 포기하고, 다 잊어버리고, 아무렇지 않다고 자신을 속이고! 평소처럼 지내려고 한 내가! 내 상처가! 안에서 썩어 곪아 버리면 어쩌나! 내가 망가지면 어쩌나 걱정돼서 그랬겠지! 타협하고! 어설픈 연기나 계속 하고! 그런 내가 걱정돼서 그런 거잖아! 아니면 누나가 나한테 이럴 리가 없으니까! 맞아, 틀려?!"

성의 누나는 고개를 끄덕였다.

"그래, 누나 걱정대로 그렇게 됐을 수도 있겠지. 그래도, 그래도 말이야. 나래가 제대로 말도 안 하고! 제멋대로 떠나가 버린 게 화나서! 그렇게 생각해 버리는 나 자신이 싫어서! 내가 나래를 탓하고 있다는 걸 인정하기 싫어서! 아무도 잘못한 게 없다고 생각하고! 도망 좀 치려고 한 게 그렇게 나쁜 짓이야?"

나래가 떠난 후.

나는 일주일 동안 계속해서 생각했다. 어쩌다 이렇게 되었을까. 어째서 이런 일이 벌어졌을까. 계속해서 생각하고 생각했다.

그리고 어느 순간.

어째서인지 기억은 안 나지만, 나는 생각하기를 그만두었다. 그저 모든 걸 잊기로 했다. 내 안에서 나래의 존재를 지워 버리기로 했다.

그러기 위해 나는 나래 때문에 슬퍼하고 있는 나 자신을 가두고 쇠사슬로 묶어 자물쇠를 채웠다. 한동안 그 안에 틀어박혀 있기를 원했다. 언젠가 시간이 지나고, 마음이 희석되면 꺼내 주려고 했다.

왜냐하면…….

"그렇지 않으면 죽을 것 같았단 말이라고! 알아? 누나가 아냐고?! 나한테 나래가 어떤 애였는지? 나래는…… 나래는……!!"

상냥하지만 부끄러움이 많고, 손은 맵지만 그 속에 따사로움이 있는, 자신의 감정을 솔직하게 표현하지 못하면서도……

내게 사랑을 가르쳐 준 사람이었다.

누군가를 사랑하는 방법을, 누군가에게 사랑받는 방법을 가르쳐 준 사람이었다.

그런 이가 떠났다는 아픔을 나는 받아들일 수 없었다. 그래서 도망쳤다.

"그래요, 성훈."

도망친 나를 잡고 억지로 현실을 향해 고개를 돌리게 만든 성의 누나는 여느 때와 같이 차분한 목소리로 그렇게 말했다.

"당신은 나래라는 사람에게 사랑받고 싶었고, 그녀가 떠났기에 현실에서 도망친 건가요?"

말이 나오지 않기에 나는 고개를 끄덕였다. 흘러내리는 눈물 때문에 얼굴이 제대로 보이지 않는 성의 누나가 옷소매로 내 눈가를 닦아 주며 말했다.

"성훈의 말은 아직도 내 마음에 닿지 않아요."

그 말과 함께.

나는 본능적으로 몸을 움츠리며 찾아올 고통에 마음의 준비를 했다. 하지만 찾아온 건 고통이 아니라 따스한 체온이었다.

"그러니 진심을 말해 주세요, 성훈."

성의 누나가 나를 끌어안고서 슬픈 목소리로 말했다.

"자신을 속이지 마세요. 제발 부탁이에요. 성훈이 자신을 괜찮다고 생각하며 도망친 이유는 **마음이 아파서가** 아니잖아요?"

어째서인지 성의 누나의 목소리도 떨리고 있었다.

"그건 성훈이 만들어 낸 핑계잖아요?"

나를 끌어안은 성의 누나의 몸이 떨리고 있었다.

"가장 큰 이유가…… 있잖아요? **인정하고 싶지 않은 사실이 있잖아요?"**

성의 누나의 마음에.

"그 사실을 인정하는 게 무서운 거잖아요?"

내가 쌓아 올린 벽은.

"인정하는 순간 모든 것이 끝나 버릴 것 같아서 무서운 거잖아요?"

잠가 버린 마음은.

"당신의 실수를 인정해 주세요, 성훈. 그래야 그 너머로 나아갈 수 있어요. 무섭겠지만, 괜찮아요. 괜찮은걸요."

나의 고집은…… 더 이상 아무런 의미도 없었다.

"실수는 누구나 할 수 있는 거니까요."

지금 내 곁에 없는 이가 떠올랐으니까.

"성훈아. 실수는 누구나 하는 거야. 나도 종종 실수를 하는걸. 중요한 건 실수를 한 뒤 어떻게 행동하는지인 거야. 알겠지?"

그때 해 줬던 나래의 따스한 위로.

그 말이 시간을 넘어 지금의 내게 와 닿았다.

"미……."

그 순간, 나는 진심으로 **자신의 잘못**을 인정할 수밖에 없었다.

"미안해……. 미안해, 나래야……. 내가 잘못했어……."

그렇지 않으면 나래와의 추억을 부정하는 것이 되기 때문에.

"미안해……. 미안해……."

결국 나는 어린아이처럼 울면서 고장 난 장난감처럼 같은 말만을 반복하게 되었다.

나래에 대한 죄책감.

나는 내 실수로 인해 나래가 상처받았다는 사실을 인정할 수 없었다. 인정하는 순간 찾아올 나 자신에 대한 혐오와 증오를 받아들일 자신이 없었기에, 나는 현실에서 도망쳤다.

이 모든 것이 나의 잘못에서 찾아왔다는 것을 인정하는 순간.

나는 나 자신을 용서할 수 없게 될 것 같아서.

나는 나 자신을 사랑할 수 없게 될 것 같아서.

가면을 쓰고, 자기 자신을 속이며, 교묘하게 모든 잘못을 부정했다. 내가 잘못했다는 사실을 생각하지 않으려고 했다.

말했잖아. 나는 고집이 세다고.

나래를 잃어버린 나 자신이 너무 아프기 때문에 현실에서 도망쳐야겠다는 거짓말을 하며, 그 사실에서 눈을 돌렸다.

이것이 내가 마음을 닫은…….

아니, 아니다.

뭉그러뜨려 말하지 마라. 좀 더 확실하게 말해라.

그래…….

나는…… 인정하고 싶지 않았다.

나래가 나를 떠난 이유가 나를 더 이상 사랑하지 않아서가 아니라는 사실을 인정하고 싶지 않았다.

내가 현실에 안주하려 했기에, 나래가 떠났다는 것을 인정하고 싶지 않았다.

나의 잘못으로 인해 나래가 떠났다는 것을 인정하고 싶지 않았다.

나래는 그 일주일 동안, 알아챈 거다. 내가 현재에 머물기로 결정한 것을. 내가 변화를 거부하고 현재의 행복에 안주하기로 결심한 것을.

나래 입장에서 그것이 어떻게 받아들여질지 생각하지 않고, 그저 한 가지 약속만을 믿고서.

그 실수를 나는 인정하고 싶지 않았다. 내가 조금이라도 앞으로 나서려 했다면 나래가 조금 더 지금의 상황을 인정해 주고, 결정을 보류해 줄 수 있다는 사실을, 인정하고 싶지 않았다.

그것은 나의 실수였고, 나는 그 사실을 인정하고 싶지 않았다. 그렇기에 내게 거슬리는 것들을 차단했다. 생각하지 않았다. 듣지 않았다. 받아들이지 않았다.

그것은 결국, 나의 잘못을 다시금 깨닫게 할 테니까.

하지만 인정할 수밖에 없다.

내가 저지른 실수를, 그로 인해 생겨난 내 잘못을 인정할 수밖에 없었다.

그렇지 않으면 나는 내 안의 나래를 부정하게 되니까. 나의 잘못 때문에 나래를 상처 입힌 내가, 나 자신을 위해 나래와의 추억을 부정한다면…….

자기혐오를 버틸 수 없을 테니까.

나는 결국 스스로를 해하게 될 테니까.

"그래요, 성훈."

내 모든 고백을 들은 성의 누나는 그렇게 상냥하게,

"당신이 잘못한 거예요."

나도 몰랐던,

그럼에도 가장 듣고 싶어 했던 말을 해 주었다.

"이 모든 게 당신의 잘못으로 일어난 일이에요."

언제나 내 잘못을 깨닫게 해 주었던 이가 지금 내 곁에 없기에.

“그러니까 찾아가서 용서를 비세요.”

지금까지 너무나 당연하다고 생각했던 나래가 없기에.

“나래에게 용서를 빌고 벌을 받으세요.”

들을 수 없었던 말을, 나래에게 듣고 싶었던 그 말을.

“그게 지금 당신이 해야 할 일이에요.”

성의 누나의 입을 통해 들을 수 있었다.

“알겠죠, 성훈?”

나는 더 이상 아무 말도 하지 못했다.

그저 죄책감과 자괴감과 나래와 아이들에 대한 미안함에 빠져 어린애처럼 펑펑 울었다.

“괜찮아요. 걱정 말아요. **누나가 도와줄 거니까요.**”

성의 누나는 그렇게 나를 위로해 주었다. 내가 울다 잠들 때까지.

쉬어 가는 이야기

"너만 불행한 척 하지 마!! 짜증 나니까! 우리 아빠 엄마도 너희 엄마 아빠만큼 나쁘거든?!"

이건 분명 누군가, 그래. 아마 세희의 농간일 것이다. 그렇지 않다면 이렇게 상황 좋게 그때의 기억을 꿈으로 볼 수 있을 리가 없으니까.

꿈속의 나와 나래는 둘 다 어린아이였다. 다만 그 꼴이 어린아이라고 보기에는 너무나 처참했지만.

……다시 말하지만, 어렸을 때의 나는 꽤나 사나운 아이였고, 싸움하는 방법도 다른 아이들과는 달랐다. 문제는 나래도 지기 싫어하는 아이였다는 것. 그리고 그동안 내가 괴롭힐 때마다 쌓인 스트레스가 모두 폭발한 때가 바로 이날이었다는 거다.

이렇게까지 말하는 이유는 정말로 어린 나래와 나의 꼴이 **정상이 아니기 때문이다.**

"이 씨발년이 말을 똥구멍에서 하고 자빠졌네? 뭐래, 이 쌍년이?!"

……다시 말하지만 어린 시절의 나는 여러모로 사나웠다.

"왜! 왜! 왜! 왜!"

나는 나래의 말을 듣고 생각했다.

나는 왜 나래가 나와 다르다고 생각했을까. 간단하다. 나래는 내가 가지지 못한 것을 가지고 있다 생각했기 때문이다.

"너희 이빠 돈 많잖아!"

"그래, 돈 많다!"

나래는 당당하게 인정했다.

"돈 많아! 돈 많다고! 내가 평생 써도 못 쓸 정도로 돈 많아! 그래서! 뭐!"

나래의 당당함에 질려서 나는 잠깐 할 말을 잃었다.

"그러면 너는 너희 집이 돈이 없어서 지금 그렇게 구는 거야? 그런 거냐고?! 그런 애가 서울에 집이 있어? 내가 다니는 사립 유치원을 다녀? 그게 말이나 돼?"

하지만 나래는 내 약점을 찔렀다.

"돈 때문이 아니잖아! 네가 그렇게 못된 건!"

"시, 시끄러워!!"

"시끄러워가 아니야!!"

이때.

나는 처음으로 나래에게 겁을 먹었던 것 같다.

나는 처음으로 나래의 본모습을 볼 수 있었다.

"핑계 대지 마! 날 괴롭히는 게 돈 때문이라고 핑계 대지 마!"

"너야말로 조……."

"그런 말 쓰지 마! 짜증 나! 뭐야! 자기가 나쁜 애라고 일부러 말하고 싶은 거야? 관심이라도 끌고 싶은 거야? 난 이렇게 못된 아이에요, 저에게 관심을 가져 주세요, 라고 말하고 싶은 거지?! 이 바보야! 그런 짓 하지 마!"

나는 얼굴이 화끈거리는 것을 느꼈다. 왜냐하면, 그 말이 사실이었으니까. 하지만 나는 인정하고 싶지 않았다.

"아니야!"

"맞아!"

"아니야!"

"맞아!"

"아니야! 내가 모를 줄 알아?"

"네가 어떻게 알아!"

"알아! 말했잖아! 우리 아빠 엄마도 나쁘다고!"

웃기는 소리 말라고 하고 싶었다. 적어도 비교 대상은 잘못되었다고 말하고 싶었다.

하지만 내가 온갖 수를 써서 괴롭혀도 울지 않았던 나래가 손등으로 눈가를 훔치는 모습에.

나는 할 말을 잃었다.

"우리 아빠 엄마는 나한테 관심이 없단 말이야! 만날 일하느라 바쁘다고 놀아 주지도 않는단 말이야! 만날 만날 일만 하느라고 하루에 한 시간도 못 본다고! 너처럼 아빠가 유치원에 데려와 주는 일도 없고! 어린이날에 와 주지도 않고! 상장을 타 와도 고작 잘했다는 말 한마디 하고 다시 일하러 방에 처박히고! 엄마는 무슨 사교회다, 뭐다 나가고! 마사지 받으러 다니고! 그럴 시간에 나한테나 관심 써 달란 말이야!"

그 말에 나는 이유를 알 수 없을 정도로 울컥해 버렸다.

"나라고 다를 줄 아냐! 만날 아빠는 글 쓰느라 방에 처박혀 있고! 소리라도 내면 짜증 내고! 나갔다 하면 술 마시고 들어와서 벽에 머리나 박고! 만날 진정성이니! 상업성이니! 알 수 없는 소리나 하고! 엄마는 자기 하고 싶은 게 있다고 한 달에 하루나 집에 있으면 다행이라고!"

말을 하다 깨달았다.

내 말이, 나래의 말을 긍정하고 있다는 사실을.

"봐. 똑같잖아."

나는 어린 치기에 뭐라고 말을 하고 싶었다. 하고 싶었는데 말할 수 없었다.

"그래서 알아. 모를 리가 없잖아."

나래가 말했다.

"네가 사랑받고 싶어 한다는 걸."

나는 입을 다물었다. 그 말은 사실이었으니까.

하지만.

"……그래서?"

그렇다 한들 달라지는 건 없다.

사람의 행복과 불행은 상대적인 거다. 나래의 아빠 엄마가 우리 엄마 아빠만큼 막장이라고 한들, 그렇다 한들 달라지는 건 없다. 나래가 나를 이해할 수 있다 하더라도, 달라지는 건 없다.

"그래서, 뭐, 어쩌라고."

"그러니까 그만해. 나쁜 짓."

나는 피식 웃을 수밖에 없었다.

아, 결국 그런 이야기였구나. 결국 그런 이야기였던 거다. 어린 나는 실망감에 빠져 쿡, 하고 웃은 뒤 나래에게 한 차례 욕설을 쏟아부으려고 했다.

"그러면."

그러려고 했다.

"내가."

하지만 그럴 수 없었다.

"무슨 일이 있어도."

나래가 내 입을 막아 버렸으니까.

"네 곁에 있어 줄 테니까."

나래는 내 대답을 기다렸다.

나는 나래의 말에 당황했지만, 이내 제정신을 되찾고 말했다.

"좋까."

그리고 나는 꿈에서 깨어났다.

* * *

잠에서 깨어났을 때, 어둠 속에서도 익숙한 천장이 보였다. 방 안에 인기척은 없었고, 나는 옷을 입은 채 이불 속에 혼자 있었다.

그것을 확인한 뒤, 내가 한 짓은 단 하나.

"으아아아아아아아아아아아아아아아아아아아!!!!!!!!"

이불을 차고 머리를 잡고서 양쪽으로 뒹굴면서 자기 자신이 한 행동을 후회하는 것이었다.

쪼, 쪼, 쪽팔려!

도대체 성의 누나에게 무슨 말을 한 거야?!

꺄아아아아악!!! 죽고 싶다!! 쥐구멍에 숨고 싶다!!! 이걸 다른 애들이 봤으면 그대로 삿갓을 머리에 쓰고 방랑하게 돼버렸을 거야!!

살려 줘! 살려 줘! 살려 줘!

아아아아아아아악!! 내가 무슨 방황하는 청소년도 아니고 무슨 짓을! 내 손발이 다 오글거려서 미치겠다!

"으어어어어어어어어억."

과거의 내가 현재의 나의 멱살을 잡고 앞뒤로 흔드는 기분이다. 어떻게 하지. 어떻게 하지? 난 도대체 아이들을, 성의 누나를 어떤 얼굴로 봐야 하지?

하지만.

"일어났니?"

내가 걱정할 것은 그런 하찮은 것이 아니었다.

"……엣?"

너무나 익숙한 목소리와 함께 조금 전까지만 해도 아무런 기척도 없던 곳에 믿을 수 없는 존재감이 느껴졌으니까.

그분은 어두운 방구석에 의자에 앉아 다리를 꼬고 앉아 있었다. 어둠 속에서도 빛나는 듯 보이는 날카로운 눈동자는 나를 향한 채.

언제부터?

아마도 처음부터.

"재롱은 다 떨었어?"

어머니.

어머니께서 이곳에 계시다니? 나는 핏기가 싹 가시는 것을 느끼며 벌떡 일어나 이불 옆의 바닥으로 내려가 무릎을 꿇었다.

"어, 언제 오셨습니까?"

"나한테 가장 먼저 해야 할 말은 그게 아닐 텐데?"

어머니께서 의자에서 일어나셨다.

"일단 불부터 켜마."

딸깍, 하는 소리와 함께 눈이 부셨다. 하지만 나는 손을 들어 눈을 가릴 생각도 하지 못하고 그저 고개만 숙였다.

잠시 후. 눈이 빛에 익숙해지고 나서야 나는 고개를 들었고, 어머니를 볼 수 있었다.

어머니께서는 검은색 스타킹과 스커트, 그리고 검은색 와이셔츠에, 검은색 코트를 어깨 위에 두르신 채 다시 의자에 앉으시고서 나를 내려다보고 계셨다.

숨이 막혔다.

"자, 그러면."

지금 어머니의 표정을 나는 딱 한 번 본 적이 있다.

먼 옛날. 아버지께서 어머니가 돌아오셨다는 것을 모르고,

"혜린 짜응 페로페로하고 싶다아아아아!! 로리! 로리 다이스키이이이이!!"

라고 외쳤을 때였지. 그 후에 어머니는 아버지를 반죽음으로 만들어 병원에 입원시켰다.

"먼저 엄마가 지금까지 뭘 하고 있었는지 이야기해 줄게요."

어머니께서는 나지막한 한숨을 내쉰 다음 말씀하셨다.

"그동안 엄마는 우리 아들이 부탁한 일을 해결하고 있었어요. 힘든 일이었지만, 그래도 우리 아들이 부탁한 일이라서 기쁜 마음에 정말 열심히 노력했단다. 네가 만족할 만한 성과도 거뒀고."

어머니께서 무슨 일을 말씀하시는지 나는 알고 있다. 요괴들에 대한 인간들의 간섭을 금지하는 것과 요괴들의 요권 존중을 조건으로 세계정세의 유지를 약속했던 그 교섭을 말씀하신 거다.

"그래서 이 기쁜 소식을 우리 아들한테 직접 전해 주고 싶어서 찾아왔단다. 그리고 무슨 일이 있었는지는 알 거라고 생각해요."

어머니께서는 내가 격렬하게 고개를 끄덕이자 본론으로 들어가셨다.

"자, 그러면 말이죠. 이제 우리 아들의 이야기를 들어 볼까?"

"무, 무슨 이야기를 말씀하시는 건가요?"

"우리 아들."

"예, 옙!"

어머니께서 의자에 팔을 올리고 그 위에 턱을 괴며 나를 내려다보셨다. 나는 그 시선을 바라보지 못하고 급히 고개를 숙였다. 방 안의 온도가 몇 도는 내려간 것 같다.

어머니께서 말씀하셨다.

"장난하니?"

말이 생각보다 빨랐다.

"아닙니다!"

"아니면 무슨 일이 벌어졌는지 내가 모를 거라고 생각하는 건 아니지?"

"아닙니다!"

"그러면 지금 내가 왜 화가 났는지, 그리고 이제부터 네가 어떻게 하면 내 화를 가라앉힐 수 있을지에 대해서 간결하고 정확하며 조리 있게 말해. 그렇지 못할 경우."

어머니는 깊은 한숨을 내쉬며 내게 말했다.

"자식 이기는 부모가 있다는 걸 보여줄 테니까. 알겠니?"

"예!"

나는 최대한 빠르게 머리를 굴렸다. 내가 지금 어머니께 말씀드릴 것은 두 가지.

첫째. 어머니께서 화가 나신 이유를 내가 정확하게 알고 있다는 것.

둘째. 앞으로의 행동 방침.

나는 순서대로 말했다.

"지금 나래가 집을 나간 것 때문에 화를 내고 계신 거 맞죠?"

어머니께서는 오른손을 들어 엄지를 접으며 말했다.

"감점 1점."

엣?!

"나는 그런 이유로 지금 너한테 화내고 있는 게 아니란다."

나는 최대한 재빠르게 머리를 굴렸다. 그렇다면 어머니께서 도대체 뭐 때문에 화가 나신 거지? 뭐지?

"감점 2점."

시간제한 있는 거였습니까아아아아아!!!

어머니께서는 다리를 고쳐 꼬시고서는 그 위에 팔꿈치를 대고 턱을 괴셨다.

"하긴, 네가 알 리가 없구나. 좋아하는 여자애 마음도 몰라서 짐 싸서 나가게 만든 애가 엄마 마음을 어떻게 알겠어? 안 그러니?"

할 말이 없기에 나는 입을 다물었고 어머니께서는 낮은 한숨을 쉬시고는 말씀하셨다.

"우리 아들, 내가 누구지?"

어머니의 말씀은 내 심장을 찔렀다.

"어머니…… 이십니다."

"그래. 엄마는 세희와 나눈 약속 때문에 우리 아들을 방치하기는 했지만, 어느 정도 선을 지키면서 삐뚤어지지는 않도록 소중하게 키웠단다."

그 선이라는 게 남들과는 다른 가치관에 기준을 두었다는 게 다르지만.

"그런데 그렇게 키운 아들이 폐인이 되었다는 이야기를 들었어. 그러면 엄마는 무슨 기분이 들까요?"

장난스럽게 말씀하고 계시지만, 사장님 의자의 팔걸이에 올려 있던 손가락이 기괴한 소리를 내며 가죽을 파고들어 갔다.

말해 두는데, 우리 어머니께서는 평범한 인간이십니다.

"자, 그러면 다시 물어볼게. 엄마는 지금 왜 화가 났을까요?"

나는 말했다.

"죄송해요, 엄마. 걱정 끼쳐 드려서요."

내 대답에 어머니께서는 의자에 등을 기대고 후우~ 하고 숨을 내쉰 뒤 표정을 푸셨다.

"알면 됐단다."

정답이었다.

"정말, 이 엄마가 얼마나 걱정했는지 아니? 혹시나 하고 무슨 일 일어날까 봐 어울리지도 않게 조언까지 해 줬는데, 방구석에 틀어박혀서 폐인이 됐다는 소리를 들은 다음에 얼마나 가슴이 철렁 내려앉았는지……. 엄마가 태어나서 그런 경험은 처음이었어요."

"죄송해요."

내가 할 수 있는 말은 사과밖에 없었고 어머니는 미소를 지으셨다.

"괜찮단다. 엄마는 우리 아들을 믿고 있었으니까. 만약 내가 도착할 때까지 제정신이 아니었으면 **어떻게든** 했을 테고."

왜 갑자기 소름이 돋는 걸까.

"그러면 다음 이야기를 들을 수 있을까?"

즉, 지금부터 내가 무엇을 할지에 대한 것.

나는 긴장을 풀지 않고 어머니께 대답했다.

"……아직 생각 안 해 봤는데요."

어머니께서 눈살을 찌푸리시며 손가락 하나를 접으셨다.

"감점 3점."

내가 한심해 보여도 어쩔 수 없잖아! 난 조금 전에 깼던 말이야! 그런데 어머니의 마음에 들 만한 방법을 순식간에 생각해 낼 수 있을 리가 없잖아!

"감점 4점."

그리고 어머니께서는 내게 남은 시간이 손가락 하나 접히는 정도밖에 남지 않았다는 것을 행동으로 가르쳐 주셨다. 어머니께서 저 손가락을 모두 접으시면서 주먹을 쥐시면 그 후에 무슨 일이 일어날까. 나는 알지 못하지만 알고 싶지도 않다.

"감점……."

어머니께서 자리에 일어나시려고 하며 나머지 손가락을 접으시려는 순간!

내 입에서 정말 엉뚱한 말이 튀어나왔다.

"사, 사랑의 융단 폭격 작전을 펼칠 겁니다!"

순간적으로 방 안의 공기가 멈춘 듯한 적막이 흘렀다. 어머니께서는 고개를 살짝 기울이면서 나를 재미있다는 듯이 바라보며 말씀하셨다.

"재미있는 작전명이네."

저도 그렇게 생각합니다. 방금 생각해 낸 거지만요.

"그러니까, 나래에게 애정 표현을 하겠다는 말이니?"

"옙! 그렇습니다! 그래서 마음을 돌리도록……."

"우리 아들."

어머니께서 내 말을 단칼에 잘랐다.

"그 전에 할 게 있지 않을까?"

어머니께서는 보란 듯이 마지막 남은 새끼손가락을 접었다 폈다를 반복하시며 나를 시험하듯 말씀하셨다.

"그걸 모른다면, 엄마는 우리 아들에게 실망할 것 같아요."

어머니의 눈빛이 예리해지는 것으로 모자라 안광이 보이는 것 같다.

나는 급히 대답했다.

"물론 그 전에 먼저 잘못했다고 사과를 할 거예요."

"그런 **당연한 걸** 듣고 싶은 게 아니란다."

이게 아니었어?

"그것 말고 중요한 다른 게 있잖니?"

모르겠다. 나는 어머니께서 무슨 말씀을 하시는지 알 수 없었다. 입 안의 침이 마르고 고개가 숙여진다. 머리를 굴려 봐도 대답은 나오지 않는다.

그 전에 해야 할 것이 도대체 뭐지?

"이미 답을 알고 있으면서도 모르는구나. 어쩜 우리 아들은 그런 면까지 아빠를 닮았니."

“아니, 아니. 그래도 아버지를 닮지는 않았습니다.”

상황이 상황인데도 그냥 듣고 넘길 수 없어 딴죽이 튀어나왔다. 어머니께서는 내 말에 입가를 슬쩍 올리셨고 나는 다시 고개를 숙였다.

“그런 것도 네 아빠를 닮은 거야. 그러니까 조금 시간을 줄게.”

어머니께서는 의자에서 일어나 내 쪽으로 다가오시더니, 주먹을 펴 손바닥으로 내 머리를 쓰다듬어 주셨다. 이 나이 먹고 어머니께 머리를 쓰다듬어지는 건 조금 부끄러운 일이었지만 그렇다고 싫은 느낌은 들지 않았다. 어머니께서 나를 얼마나 걱정하고 계셨는지, 사랑하고 계시는지 알 수 있었으니까.

“기한은 일주일.”

그렇다고 어머니의 성격이 달라지는 건 아니다.

“일주일 내에 어떤 결과든지 내렴. 그 결과로 우리 아들이 엄마의 말을 어떻게 받아들였는지 짐작할 테니까.”

길다고 하면 긴 시간이고, 짧다고 하면 짧은 시간이다. 하지만 나는 무슨 만용인지 몰라도 그 시간이 너무 길게 느껴졌다. 그렇기에 고개를 끄덕이고 이렇게 말했다.

“예.”

그렇다고 일부러 시간을 줄일 필요는 없지. 그건 그거, 이건 이거다. 시간은 많으면 많을수록 좋은 거라고.

“그래, 우리 아들. 기대하고 있을게.”

어머니께서는 나를 지나쳐 미닫이문을 잡고 힘차게 옆으로 밀고 밖으로 나가시려 했다. 나는 급히 어머니께 여쭈었다.

"어디 가세요?"

"엄마도 자야지."

어머니는 그 말씀만을 남기시고 방에서 나가셨다.

나는 그 등에 안녕히 주무시라는 말씀을 드리고, 잠시 시간이 지나서야 안도의 한숨을 내쉴 수 있었다.

아, 진짜 어떻게 되는 줄 알았네. 물론 어머니께서 나한테 진심으로 화내시거나 손을 대신 적은 없다. 하지만 나에게는 아버지라는 이름의 좋은 타산지석이 있지. 그 죽음의 공포에 쪽팔림 같은 건 아무래도 좋은 일이 되어 버렸다.

불행 중 다행이랄까.

"하아……."

그러면 나도 다시 잠을 자 볼까, 싶었지만 조금 전까지 긴장을 해서 그런지 잠이 올 것 같지가 않다.

……그러면.

마음의 안식을 찾기 위해 잠든 아이들의 모습이라도 보러 갈까. 성의 누나와 할 이야기가 있긴 하지만 이미 늦은 밤이다. 이야기는 아침에 해도 늦지 않겠지.

그렇게 마음을 정하고 자리에서 일어나려는 그 때.

"응?"

허공에서 메모지 한 장이 생겨나 마치 낙엽처럼 하늘하늘하며 떨어져 내렸다. 나는 뭔가 싶어서 손으로 그 메모지를 잡았다.

아무 일도 일어나지 않았다. 하지만 그 안에 적혀 있는 삐뚤

빼뚤한 글씨는 내가 무슨 일을 해야 할지 깨닫게 만들었다.

[엄마 많이 울었어. 아빠 나빠.]

……안방에서 자고 있으면 깨울까.

안방에서 아이들은 일렬로 이불을 깔고 잠들어 있었다. 날이 추워져서 그런지 여름날처럼 이불을 발로 차고 자는 아이는 없었다. 아니, 오히려 랑이는 냥이와, 치이는 폐이와 딱 달라붙은 채로 잠들어 있다. 아야는 맨 구석에서 혼자 몸을 웅크리고 잠을 자고 있고, 성의 누나와 성린은 다른 곳에서 자고 있는지 보이지 않는다.

그런데.

"너는 왜 안 자냐."

세희는 머리를 꼰 채 소복 차림으로 아이들의 머리 편에 조신하게 앉아 있었다.

"**부탁을 받아** 도련님께서 오시기를 기다리고 있었습니다. 새언니와의 이야기가 끝나면 분명 마음의 안식을 찾기 위해 잠든 아이들의 모습이라도 보러 갈까~ 같은 생각을 하실 거라고 생각했으니까요."

이 녀석 봐라. 일부러 그러고 있네.

"왜 그러십니까. 혹시, 제가 잠들어 있는 모습이라도 보고 싶으셨습니까?"

"이상한 소리 하지 마."

"이상한 소리라는 건 이런 것이겠지요."

세희는 불안한 소리를 한 뒤 큼큼 목을 다듬은 다음 말했다.

"마음속에서 자물쇠 잠기는 소리가 들린다, 웃음."

"……넌 그렇게 날 괴롭히는 게 좋냐?"

세희는 내 말에 소매에서 부채를 꺼내 쫙 펼치며 입가를 가리며 말했다.

"그렇다면 이제 끝나 버린 강성훈이라는 녀석의 흔적을 소중히 끌어안고 평소처럼 지내려 노력하는 게 최선이잖아, 폭소."

"아, 좀, 하지 마라."

그리고 그런 말은 한 적 없다고.

그러거나 말거나, 세희는 탁! 부채를 접었다.

"그럼, 다른 분들께서 주무시고 계시니 자리를 옮길까요."

아무래도 이 녀석은 나에게 하고 싶은 말이 있는 것 같다. 아니, 없을 리가 없겠지. 잘됐네. 나도 성의 누나가 어디서 자고 있는지 물어보기도 해야 하고.

나는 고개를 끄덕였고 먼저 밖으로 나가며 말했다.

"밖에서 기다린다. 추우니까 옷 입고 나와."

"알겠습니다."

잠시 후. 대청마루에 걸터앉아 있는 내 옆에 평소의 한복으로 갈아입은 세희가 다가왔다. 세희는 옆에 앉자마자 단도직입적으로 말했다.

"그래서, 괜찮으십니까."

"그래."

나는 고개를 끄덕였다.

"그래서 오히려 이상한데 말이야. 그 결계 덕분이냐?"

성의 누나의 자칭 '치료' 전에 공간 자체를 견우성처럼 만들었던 그 결계 말이다. 이건 어디까지나 내 예상이지만 그 결계는 내 정신을 보호하기 위한 것이 아니었을까.

나는 몇 번이나 극심한 고통 속에서 괴로워했다. 나는 폭력에 저항할 수 없었고, 스스로의 무능력함에 몇 번이나 절망했다. 하지만 그런 끔찍한 일을 겪었음에도, 지금의 나는 몸도 마음도 아픈 곳이 없다. 아마, 지금 성의 누나를 봐도 무서워하지 않고 위로해 줄 수 있을걸?

이상하지 않아? 보통 그 정도 일을 겪으면 심각한 정신적 후유증이 남아야 할 텐데 말이야.

"잘 아시는군요. 그 결계는 도련님의 정신을 보호하는 한편, 성의 님이 익숙지 않은 곳에서 혹시라도 실수하지 않도록 그 장소를 견우성과 똑같은 환경으로 만드는 것이었습니다."

놀랍군.

"그런 게 가능해?"

"저는 유능하니까요."

"너 혼자 한 것도 아니잖아."

내 딴죽에 세희는 나를 비웃으며 말했다.

"맞습니다. 냥이 님께서 도련님의 정신을 보호하는 요술을, 저는 그 장소를 견우성으로 바꾸는 요술을 맡았지요. 그렇다고 한들 도련님보다 유능하다는 사실은 달라지지 않습니다."

네 번이나 말했기에 나는 결국 걸고 넘어가기로 했다.

"알았다. 그렇다고 사람을 시험할 필요는 없잖아?."

"무슨 말씀입니까?"

모르는 척 말하지만 나는 속아 넘어가 줄 생각이 없다.

"아까부터 계속 도련님이라고 불렀으면서 모르는 척 하기냐."

세희가 입꼬리를 슬쩍 올렸다.

"그렇게 쉽게 미끼를 물어서야, 낚시하는 즐거움이 없지 않습니까. 저는 모든 이야기가 끝나고 방으로 돌아가시기 전에 말씀해 주시기를 기대했는데 말이죠."

이제 막 제정신이 된 사람을 잘도 놀려 먹을 생각을 하는군. 조금 더 세희의 장난에 어울려 주는 것도 괜찮겠지만 지금은 그보다 급한 일이 있다.

"그보다 성의 누나는 어디 있어? 괜찮아?"

"자신을 반죽음 상태로 만든 분을 걱정하시는 겁니까?"

"너도 동의한 거면서 책임 전가는."

나는 인상을 찌푸렸다.

"그보다 왜 네가 하지 않았냐? 보통 이런 일은 네가 할 거라고 생각했는데."

세희는 어깨를 으쓱하며 말했다.

"저는 숱한 견우들을 상대로 단련한 성의 님처럼 **미치지 않을 정도로** 힘 조절을 하는 건 그다지 익숙하지 않아서 말이죠. 또한, 만에 하나 실수라도 한다면 주인님을 죽일 가능성이 있어서 성의 님께 맡겼습니다."

무시무시한 이유다.

"그런 연유로, 성의 님을 너무 미워하지 않으셨으면 좋겠습니다."

나는 코웃음을 쳤다.

"내가 왜? 누나가 날 위해서 어려운 일을 해 준 것 정도는 알고 있다고."

"아신다니 다행입니다."

세희가 입을 다문 후, 나는 뭔가 이상하다는 것을 깨달았다. 그래. 이 녀석, 지금 성의 누나에 대한 이야기를 교묘하게 돌려서 마무리 지었어.

"그런데 왜 대답 안 하냐."

"무슨 말씀이십니까?"

"성의 누나가 어디 있는지 물어봤잖아."

세희는 다시금 부채를 펴서 입가를 가리며 말했다.

"정말, 여자를 애태우게 만드는 방법을 모르시는군요. 그럴 때는 알면서도 모르는 척, 은근히 제 반응을 기다리며 스스로 입을 열도록 만들어야 하는 법입니다."

나 같은 놈한테 바라는 것도 많다.

"몰라, 그런 거. 그것보다는 성의 누나가 어디 있는지나 가르쳐 줘."

세희는 어딘가 즐겁다는 듯, 나를 바라보았다. 그 미소의 뒤편에 감춘 의도가 무엇인지 고심하고 있자니, 세희가 말했다.

"저도 모릅니다."

"……뭐?"

"정신을 잃으신 주인님을 인도하신 뒤, 자신이 할 일을 하러 간다고 하셨습니다."

순간 등골에 전류가 흐른 것 같았다.

"잠깐, 설마 견우성으로 돌아간 거야?"

안 된다. 아직 감사의 말도, 사과의 말도, 그 일은 신경 쓰지 말라는 말도 하지 못했는데! 이렇게 훌쩍 떠나 버리는 게 어디 있어?

"……후우."

그런데 나를 보는 세희의 눈초리가 밥을 먹다가 상에서 떨어진 반찬을 손으로 주워서 먹었던 나를 보는, 나래의 그것과 비슷해졌다.

그러니까, 나를 한심하다는 듯 보고 있다는 거다.

"왜?"

"이미 성의 님께서는 주인님께 말씀드렸다고 하셨습니다만, 기억 못하시는 겁니까?"

나는 기억을 되살려 보았다. 한 가지. 딱 한 가지 마음에 걸리는 것이 있다. 내가 정신을 잃기 전에 성의 누나가 나에게 했던 말이.

"성의 누나는 나를 도와준다고 말했어. ……잠깐."

나는 한 가지 가능성을 떠올릴 수 있었다.

"설마 나래한테 간 건 아니겠지?"

"슈뢰딩거의 고양이라고 아십니까?"

세희가 주먹을 살포시 쥐고 고양이처럼 얼굴 가까이 대고서 무표정한 채로 음색의 변화 없이 말했다.

"냐옹~♥"

"지금 장난칠 때냐!!"

세희는 다시 손을 내려 허벅지 위에 올린 뒤 내게 말했다.

"무엇을 그리 걱정하십니까. 설령 성의 님이 나래 님을 찾아가신다고 해도 주인님께서 걱정하실 만한 일은 일어나지 않을 것입니다."

"……그건 알아."

내가 걱정하는 건 그런 게 아니다. 내가 걱정하는 건 오랜만에 다시 만난 성의 누나가 상처만을 받고 돌아가는 것이다. 아직 성의 누나에게 해 줄…….

"그렇습니까. 그런 걸 걱정하고 계시는군요."

그때. 내 생각을 읽은 것처럼 세희가 뭔가를 말하려고 했기에 나는 손을 들어 막았다.

"하지 마."

그건 상당히 부끄러운 말이 될 테니까.

"알겠습니다."

다행히 세희가 입을 다물자 자연스럽게 적막이 계속됐다. 하지만 말을 하지 않아도 세희는 표정으로 나를 비웃고 있었다.

나는 그 적막을 참지 못하고 입을 열었다.

"그보다. 하고 싶은 말이 있던 거 아니었어?"

세희가 슬쩍 입꼬리를 올리며 말했다.

"하고 싶은 말이 아니라 하고 싶은 것이 있습니다."

……이유는 모르겠지만 나는 갑자기 몸이 오싹해졌다. 밤이라서 그런가.

"그건 또 뭔데?"

"하지 말라고 하지 않으셨습니까, 주인님."

그건 내가 부끄러운 말을 하지 말라는 거였지.

"언제부터 네가 내 말을 그렇게 잘 들었냐?"

"적어도 새언니께서 계실 때만은 점수를 따 놔야 하지 않겠습니까."

의미심장한 미소 짓지 마라.

"이상한 소리 하지 말고."

"알겠습니다."

세희는 고개를 끄덕이고서는 내게 말했다.

"별것 아닙니다."

나는 세희가 저런 말을 하는 게 정말 무섭다.

"그저 부탁을 받은 김에 제 눈으로 직접 보고, 제 귀를 통해 직접 듣는 것으로 주인님의 용태를 확인해 보고 싶었던 것뿐입니다."

다행히 이번에는 정말 별것 아니었지만.

이 녀석도 참 걱정이 많다. 아니, 그럴 수밖에 없나. 이 녀석이 정말로 소중하게 생각하는 랑이의 행복을 이루기 위해서는 내가 없어서는 안 되니까.

"그래서, 어떠냐?"

세희는 대답 대신 조용히 그림자 속으로 숨어 들어가, 끝내 내 앞에서 자취를 감추었다.

뭐야, 이 녀석. 어딜 간 거야?…… 라고 생각한 순간.

쾅 하는 소리와 함께 안방의 문이 날아갔다. 야밤의 소음에 깜짝 놀라 고개를 돌려 보니…….

"성훈아!!"

"오라버니!!"

[성훈!!]

"자기야!!"

조금 전까지 잠들어 있었기에 다른 의미로 너무나 사랑스러운 모습의 아이들을 맞이해야만 했다.

세희, 이 자식. 아이들을 깨웠구나.

잠깐. 혹시 나를 기다린 이유가 이거였나. 그러고 보니 부탁을 받았다고 했지. 그 부탁이라는 게 내가 오면 깨워 달라는 말이었던 것 같다.

정말……. 너무 고맙잖아.

나는 뭐라고 딱 잘라 말할 수 없는 미묘한 표정을 짓고 불안해하며 나를 바라보는 아이들을 향해 시선을 돌렸다. 자연스레 내 입가에 미소가 번진다.

그러자 아이들은, 소중히 키우던 애완동물을 잃어버렸다 찾은 주인 같은 표정을 짓고서는 내게 한꺼번에 달려들었다.

"미안해, 애들아. 너무 늦었다."

"바보! 성훈이는 바보! 내가 얼마나 걱정했는지 알아?!"

"그런 거예요! 오라버니는 나쁜 거예요!"

[다시는 그러면 안 됨! 절대로 안 됨!]

"키이이잉!! 다음에도 이러면, 다음에도 이러면 정말 화낼 거야! 이 나쁜 놈아!"

품에 안긴 아이들이 훌쩍이며 말하는 불만을 나는 받아들일 수밖에 없었다.

"미안해. 내가 잘못했어."

나래의 말은 맞았다.

이제 나에게 나래와의 약속은 필요 없다. 왜냐하면, 나는 더 이상 외롭지 않으니까. 나는 이렇게나 많은 사랑을 받고 있으니까.

그럼에도 나래의 말은 틀렸다.

나는 지금부터 그 사실을 증명할 생각이다.

"으아아아아앙~."

"우우우, 훌쩍, 울면 안 되는, 흐아아앙~."

[ㅠㅠㅠㅠㅠㅠㅠㅠㅠㅠㅠㅠ]

"키히이이잉, 이 울보들아. 왜, 왜 우는…… 히잉."

그 전에 일단 아이들을 달랠 필요가 있겠지만.

틈새 이야기

랑이가 자신의 공간 도약술을 방해한 것으로 성훈이 정신을 잃었다는 것에 성의는 아주 약간 화가 났지만 그것도 순간이었다. 성훈은 단순히 정신을 잃었을 뿐 다치거나 한 것도 아니다. 그렇다면 자신이 사랑하는 사람의 소중한 자들을 향해 화를 내는 것은 옳지 않은 행동이다.

그렇기에 성의는 화를 가라앉혔다. 여전히 평소와 다른 모습이긴 하지만.

"무슨 짓인가요?"

"그건 내가 할 말이니라!"

랑이가 발끈 화를 내며 으르렁거렸지만 성의는 그리 신경 쓰지 않았다.

"멋대로 성훈이를 데려가려고 하지 말라고 내가 말하지 않았느냐!"

"그래요. 하지만 그걸 제가 들을 이유가 어디 있죠?"

"왜냐하면 성훈은 나의 것이기 때문이다!"

랑이가 당당하게 외친 것과는 달리, 지금은 그녀의 편을 들어줘야 할 다른 요괴들의 시선은 차갑기 그지없었다.

"아우우우……. 이런 상황에서도 그렇게 확인하고 싶은 건가요."

[노력하는 게 눈에 보임.]

"우리 아빠가 왜 네 거야, 이 욕심쟁이야."

랑이가 고개만 돌려 자신의 편인지 아닌지 모를 요괴들을 향해 말했다.

"지, 지금 그럴 때가 아니지 않느냐!"

"그래요. 그럴 때가 아니죠. 왜냐하면 성훈은 결국 저의 것이 될 것이니까요."

옛 약속을 떠올리며 성의는 다정하게 성훈의 머리를 쓰다듬었다. 그 모습이 마치 어린 아기를 보듬는 어머니의 모습같이 보여, 랑이는 뭔지 모를 불안감이 생겼지만 이내 고개를 흔들어 털어 버렸다.

"자."

잠시의 적막 사이에 대화에 끼어든 것은 지금까지 조용하게 있었던 세희였다.

"소유권 주장과 캐릭터 어필과 지분 확보는 그 정도로 하셨으면 합니다. 지금 해야 할 이야기는 그런 게 아니니까요."

도화선에 불을 붙인 듯한 세희의 말에 다시금 랑이가 성의를 노려보았다. 그에 비해 성의는 여전히 성훈을 바라보며 머리를 쓰다듬어 주고 있을 뿐. 그 사실이 불만이었지만 세희의 말에 입 밖으로 꺼낼 수는 없었다.

“서로 간의 갈등이 일어난 상황에서는 먼저 서로의 의견을 나누는 게 좋을 것 같습니다. 그리고 안주인님께서 조금 흥분하신 것 같으니, 제가 저희 쪽의 의견을 대표해서 말씀드리죠.”

세희의 말에 반대하는 요괴들은 없었다.

“제 버릇 개 주지 못하는 법이죠.”

가희가 빈정대긴 했지만 성의는 무시했다.

“그래야 할 필요가 있나요?”

언제라도 자신의 뜻을 이룰 수 있다는 속뜻을 밝힌 성의에게 세희는 눈을 감고 미소를 지었다.

“성의 님의 힘이 강하다고는 하나, 조금 전에 있었던 일을 고려해 본다면, 과연 아무런 문제없이 주인님을 데리고 견우성으로 다시 돌아가실 수 있을 것 같습니까?”

세희의 말에 성의는 방 안에 있는 요괴와 귀신들을 보았다. 견우성에서라면 상대하는 데 문제는 없겠지만, 이곳에서는 다르다.

이곳은 지구고, 힘의 근원인 견우성은 저 먼 은하 너머에 있으니까. 손에 사정을 두며 상대할 자신은 없다.

즉, 누군가 죽을 수도 있다는 말.

“그래요. 당신의 말이 맞네요. 못 할 건 없지만 그러면 성훈이 슬퍼하겠죠. 그건 제가 바라는 게 아니에요.”

“이해해 주셔서 감사합니다, 성의 님. 자, 그러면 협상을 시작해 볼까요."

세희가 입을 다물고, 성의가 말했다.

"저는 성훈을 견우성에 데려가서 치료하고 싶어요."

"그건 안 되느니라."

성의의 의견에 반대한 것은 냥이였다.

"저놈이 지금 바닥이 벗겨진 프라이팬같이 되어 버렸다 한들, 요괴의 왕이라는 사실은 변하지 않느니라. 그런 자가 잠시라도 자신의 영토를 버리고 떠난다? 그건 어불성설이니라."

성의는 메모장을 바라보았다.

"어불성설……. 말이 안 된다는 뜻이군요."

성의가 냥이에게 말했다.

"그건 성훈에게 중요한 일인가요?"

"현재뿐만이 아니라 미래도 보거라. 저놈이 이곳을 떠나 마음의 병이 낫는다 하더라도, 자리를 비웠다는 사실은 남는다. 이 사실이 밖에 새어 나가기라도 한다면 그 후에 무슨 일이 일어날 것 같으냐?"

"무슨 일이 일어나나요?"

정말로 모르겠다는 듯 말하는 성의에게 대답한 건 세희였다.

"주인님께서 고생하십니다."

간단했지만 그렇기에 성의가 이해하기 쉬웠다.

"주인님은 성훈을 말하는 거 맞죠? 그러면 곤란해요. 저는 성훈이 행복하게 살았으면 좋겠으니까요."

"한 가지 묻겠느니라."

손을 다시 원래대로 돌린 랑이가 말했다.

“성훈을 낫게 하는 치료를 할 거면 여기서 해도 되지 않느냐? 그런데 왜 네 별에 데려가려는 것이냐?”

랑이의 타당한 질문에 성의가 답했다.

“치료를 하기 위해서는 성훈의 정신을 보호하는 요술을 써야 하고, 이곳에서는 제 힘을…….”

성의는 뭔가를 말하다가 입을 다물었다. 그 표정에는 지친 기색이 역력해서 랑이는 자신이 뭔가 말을 잘못했는지 고민했다.

“역시 설명을 하는 건 피곤하네요. 이럴 때 성훈이 대신 말해 주었으면 좋겠는데 말이죠.”

기절해 있는 성훈이 인상을 찌푸리며 신음 소리를 낸 것 같지만 아무도 눈치채지 못했다.

“그래요. 이걸 숨겨서는 안 되는 일이겠죠. 당신들은 성훈의 소중한 사랑들이니까 모두 알려 드릴게요.”

그리고 성의는 자신이 성훈을 위해 하려고 하는 일을 두서없이 말했다.

이야기를 모두 듣고 난 뒤 가장 격한 반응을 보인 것은 랑이였다.

“그, 그딴 짓을 내가 허락할 것 같으냐?!”

랑이는 지금이라도 날뛸 준비를 다 끝낸 것같이 으르렁거렸다.

“아우우우! 그런 거예요! 오라버니에게 무슨 짓을 하려는 건가요?! 절대, 절대 반대인 거예요! 오라버니는 지금 따듯하게 돌봐 드려야 할 때라고요!"

치이는 격하게 귀 위 머리카락을 파닥였다.

[반대. 성훈에게 그런 건 필요 없음. 지금 상태로 있어도 괜찮음. 현실 도피조차 성훈의 선택. 그렇다면 우리는 그걸 받아 주는 게 맞음.]

페이는 냉정해 보였지만 표정을 굳혀서 자신이 지금 기분이 나쁘다는 것을 나타냈다.

다만 아야는 가만히 생각에 잠긴 채 아무 말도 하지 않았다.

"그런가요. 그러면…… 협상. 예, 협상은 끝난 거군요?"

성의가 조심스럽게 자리에서 일어나려는 순간.

"아닙니다. 저는 성의 님의 의견이 마음에 드니까요."

세희의 말이 혼란을 불러일으켰다.

"기분 나쁘구나. 네놈과 같은 의견이라는 것이."

냥이는 혼란을 가중시켰고, 잠시 당황하고 있던 랑이가 세희에게 말했다.

"세, 세희야! 못 들은 것이느냐? 성훈에게 무슨 짓을 하려는지?"

"들었습니다. 하지만 안주인님께서도 들으셨지 않습니까? 안전장치를 마련한다는 것을 말이죠."

"그렇다 한들, 성훈이……."

"안주인님."

세희가 딱 잘라 말했다.

"지금은 현실을 보셔야 합니다. 저희로서는 성의 님의 뜻을 막을 수 없다는 현실을 말이죠."

"그럴 리가 없느니라! 성의가 센 건 알지만, 아무리 그래도……."

"안주인님."

세희가 딱 잘라 말했다.

"이것이 주인님을 위한 가장 좋은 방법입니다. 마음의 병은 최대한 빨리 치료하지 않으면 후유증이 남습니다."

"하, 하지만……. 하지만……."

성의의 방식을 인정할 수 없었지만 랑이는 말을 잇지 못했다. 그런 랑이 대신 아야가 말했다.

"그 방법, 나중에 아빠한테 정말 아무 문제없는 거 맞아?"

"아야야?!"

"아우우우?"

[무슨 말임?]

의외의 말에 다들 놀라 했지만 아야는 각오를 굳힌 목소리로 말했다.

"인정할 건 인정해, 이 밥보들아. 나도 아빠가 험한 꼴을 겪는 건 싫어. 하지만 지금 상황에서는 어쩔 수 없잖아."

"그건 아직 모르는 거예요!"

"가능성은 가능성일 뿐이야, 이 새대가리야. 지금 아빠한테 필요한 건 알 수 없는 가능성이 아니라 확실한 방법이라고. 나쁘지도 않은 아빠가 아픈 일 당하는 건 짜증 나고 화도 나지만…… 키이잉. 이건 어느 정도 타협할 필요가 있다고 생각해."

[난 반대. 전제 자체가 잘못됨. 성훈은 아무것도 필요 없음. 지금 상태가 옳은 거임.]

친구들의 반대에 아야는 속이 타들어 가는 것을 느꼈다.

이 바보들. 좋게 말해 줘도 못 알아듣는다니까?!

"그러면 다르게 말할게, 이 바보들아."

아야가 말했다.

"지금 저 별의 의지가 성훈을 납치한다고 하면, 너흰 막을 자신 있어? 난 없어. 최악의 경우 다치는 거로 끝나지 않을걸."

"아니요. 그래도 최대한 죽이지 않기 위해 노력할 거예요. 여러분들은 성훈의 소중한 사람들이니까요."

성의의 말에 아야는 눈썹을 추켜세우며 꼬리를 붉혔다.

"키이이잉……. 짜증 나, 너."

"사실을 말했을 뿐인데 왜 화를 내죠?"

이해를 못하는 성의 누나에게 아야는 뭔가 쏘아 주고 싶었지만 관뒀다. 지금은 현실을 인식시켜 주는 게 먼저이니까.

성훈은 자신에게 정말 중요한 사람이다. 그렇기 때문에 자신의 감정만으로 움직일 수도 없는 법이다.

'이 거짓말쟁이. 날 책임져 준다고 했으면서 왜 내가 널 책임지게 만드는 거야?'

아야는 정신을 잃은 성훈을 한 번 쏘아보고 꿈속에 사는 아이들에게 말했다.

"어린애처럼 떼만 쓸 때가 아니야, 이 응애응애들아. 지금은 취할 건 취하고 포기할 건 포기해야 한다고."

그렇게 말하고는 있지만 아야도 사실 알고 있었다. 만약 지금 자신이 어린아이의 모습으로 있었다면 이런 생각은 해 보지도 못했을 거라는 걸.

그리고 스스로의 의지로, 또는 힘이 없기에 어린아이의 모습으로 있는 랑이와 치이와 페이가 아야의 말에 뭐라 반론을 펴려고 할 때.

세희가 대화에 끼어들었다.

"그보다 안주인님."

"왜 그러느냐."

"뜻을 물리지 않으실 생각으로 보이십니다만, 제 생각이 맞습니까."

"그러하느니라."

자신의 주인이 웬만해서는 뜻을 거두지 않겠다는 의사를 표명할 상황을 이미 가정해 둔 세희이기에, 입술은 너무나 매끄럽게 움직였다.

"그러면 일단 한번 정리를 하겠습니다. 괜찮겠습니까?"

세희의 의견에 반대하는 사람은 없었다.

"성의 님께서는 주인님을 견우성에 데려가서 마음의 병을 낫도록 하고 싶어 하십니다. 지구에 오셨기 때문에 약해진 힘으로는 쓸 수 없는 요술이 필요하며 지구라는 낯선 환경에서는 만에 하나 실수를 저지를 수 있기 때문이죠. 하지만 그것은 주인님이 요괴의 왕이라는 자리에 있는 이상, 그리 좋은 선택이 아니라는 것이 저희 쪽의 입장입니다. 또한, 그와는 별개로 안주인님과 다른 분들께서는 주인님께서 끔찍한 일을 당하는 것이 마음에 들지 않으십니다. 하지만 성의 님은 그렇다 하더라도, 주인님을 최대한 빨리 낫게 하고 싶어 하십니다. 맞습니까?"

랑이와 성의는 동시에 고개를 끄덕였다. 그 모습을 확인하고 세희는 생각해 두었던 방법을 말했다.

"그렇다면 이렇게 하는 것이 어떻겠습니까?"

그리고 협상은 극적으로 타결되었다.

막상 자신의 처우에 대해 논의하고 있는 지금, 성훈은 정신을 잃고 있었지만.

글쓴이의 끼적끼적

요즘에는 카페에서 커피가 아닌 차(TEA) 종류를 자주 마십니다. 그중에서 마음에 드는 종류는 루이보스, 얼그레이입니다. 둘 다 향이 좋아서입니다. 향이 좋은 차는 좋습니다. 냄새는 중요하죠. 가령 차에 탔는데 안에서 퀴퀴한 냄새가 나면 안 나던 멀미가 날 것 같기도 하니까요. 저는 멀미를 안 하는 편이라 버스에서도 휴대폰으로 글을 읽을 경우가 많습니다. 하지만 속이 빈 상태로 버스를 타고 글을 읽으면 멀미가 날 때가 많습니다. 그렇기 때문에 사람은 배를 채워야 하는 겁니다. 공복감이 가득 차면 사람은 짜증을 잘 내게 되는 법이니까요. 짜증을 잘 내는 사람의 주위에는 짜증을 내는 사람들만이 남게 됩니다. 왜냐하면, 짜증은 전염되는 거니까요. 전염되는 것은 질병만이 아닙니다. 저는 무기력도 짜증처럼 전염이 된다고 생각합니다. 무기력한 누군가를 보면 내가 왜 이렇게 열심히 살아야 하는 생각이 들고 나도 방바닥에 누워서 뜨신 바닥의 온기를 느끼며 뒹굴고 싶어진다는 생각이 들기 때문이죠. 그런 의미로 고양이는 참 좋을 것 같습니다. 자기가 원할 때 배를 드러내며 누워도 주인이 '아이고, 귀여워.' 하면서 사진을 찍어서 인터넷에 올려 자기 고양이가 얼마나 귀여운지 자랑하기까지 하니까요. 사람이 그런 짓을 하면 어린 아기가 아닌 이상 귀엽다는 반응을 이끌어 낼 수 없을 겁니다. 어린 아기가 귀여운 것은 누구나 부정하지 않는 보편적인 상식이라고 할 수 있죠. 저는 결혼도 안 하고 아이도 없지만, 아기가 자기 몸도 채 가누지 못하고 엉금엉금 기며 갖은 고생을 시켜도 부모를 향해 해맑은 미소를 지으면, 정말로 아기를 키우며 쌓인 스트레스가 눈 녹듯이 사라질 것 같기도 합니다.

그러면 눈이 녹은 계절에 다시 뵙겠습니다.

◆본 작품의 의견, 감상을 기다리고 있습니다◆

보내실 곳 _

서울시 구로구 디지털로 26길 111
JnK디지털타워 503호
우편번호 152-848
(주) 디앤씨미디어 시드노벨 편집부

카넬 작가님 앞
영인 작가님 앞

카넬 시드노벨 저작 리스트

『나와 호랑이님』 12
『나와 호랑이님』 11
『나와 호랑이님』 10
『나와 호랑이님』 앤솔로지
『나와 호랑이님』 9
『나와 호랑이님』 8.5
『나와 호랑이님』 8
『나와 호랑이님』 7
『나와 호랑이님』 6
『나와 호랑이님』 5.5
『나와 호랑이님』 5
『나와 호랑이님』 4
『나와 호랑이님』 3.5
『나와 호랑이님』 3
『나와 호랑이님』 2
『나와 호랑이님』
『나와 비행소녀』

나와 호랑이님 12

1판 1쇄 발행 2015년 2월 1일
1판 7쇄 발행 2019년 6월 14일

지은이_ 카넬
발행인_ 신현호
편집장_ 이환진
책임편집_ 유석희
편집부_ 유석희 송영규 이호훈
편집디자인_ 한방울
국제부_ 정아라 전은지
영업 · 관리_ 김민원 조인희

펴낸곳_ (주) 디앤씨미디어
등록_ 2002년 4월 25일 제 20-260호
주소_ 서울시 구로구 디지털로 26길 111 JnK디지털타워 503호
전화_ 02-333-2513(대표)
팩시밀리_ 02-333-2514
E-mail_ seednovel@dncmedia.co.kr
홈페이지 www.seednovel.com

값 6,500원

ISBN 978-89-267-9857-7 04810
ISBN 978-89-267-8052-7 (세트)

아웰 지음
NEAN 일러스트

사월화 리버스 1~2

《아빠하고 나하고 yo!》의 아웰 X NEAN 콤비의
코믹 오컬트 스릴러 라이트노벨 제2탄!

악령에게 산 채로 몸을 빼앗겨 졸지에 죽음을 맞이했다가
쿠킹 호일 몸뚱이가 되었던 나.
겨우 되살아나 매일 아침 소녀와 등굣길을 함께하는
행복한 일상을 즐기리라 생각했는데.
이제는 세상의 괴이를 뒤쫓는 '초자연현상 특수 보안국'의 정직원이 되어버렸다.

'흑운'이라는 이름의 악령이 나, 이한의 목숨을 시시각각 위협해오는 가운데.
일상과 비일상을 넘나들며 소중한 것들을 지키기 위해
나는 오늘도 막강한 그녀를 부른다.

"잠깐! 기다려라, 악령! …서린아!! 살려 줘!!"